大家小书·悦读经典

它虽然不好看,可是很有用。
许地山
《落花生》

当一代大家不再璀璨于世,阅读才是最好的纪念。

大家小书 | The Master Pieces

The Peanuts

落花生

许地山 著

北京理工大学出版社

版权专有　侵权必究

图书在版编目（CIP）数据

落花生 / 许地山著. —北京：北京理工大学出版社，2019.2

ISBN 978-7-5682-6560-7

Ⅰ.①落… Ⅱ.①许… Ⅲ.①散文集－中国－现代 Ⅳ.①I266

中国版本图书馆 CIP 数据核字（2018）第 296497 号

出版发行 / 北京理工大学出版社有限责任公司
社　　址 / 北京市海淀区中关村南大街 5 号
邮　　编 / 100081
电　　话 / (010) 68914775（总编室）
　　　　　 (010) 82562903（教材售后服务热线）
　　　　　 (010) 68948351（其他图书服务热线）
网　　址 / http：//www.bitpress.com.cn
经　　销 / 全国各地新华书店
印　　刷 / 北京富诚彩色印刷有限公司
开　　本 / 787 毫米×1092 毫米　1/32　　责任编辑 / 马永祥
印　　张 / 6.25　　　　　　　　　　　　出版统筹 / 王　丹
字　　数 / 68 千字　　　　　　　　　　　责任校对 / 周瑞红
版　　次 / 2019 年 2 月第 1 版　　　　　 责任印制 / 施胜娟
　　　　　 2019 年 2 月第 1 次印刷　　　 装帧设计 / 杨明俊
定　　价 / 38.00 元　　　　　　　　　　 插　　画 / 冰河插画工作室

图书出现印装质量问题，请拨打售后服务热线，本社负责调换

做一株朴实的落花生

"不像那好看的苹果、桃子、石榴,把他们的果实悬在枝上,鲜红嫩绿的颜色,令人一望而发生羡慕的心。他只把果子埋在地底,等到成熟,才容人把他挖出来。"这种朴实无华,却又蕴味深长的句子,就出自许地山的《落花生》。

就是缘于这种喜爱,许地山的笔名也叫作落花生。

许地山,名赞堃,字地山,1893年出生在台湾台南,3岁的时候因为日本侵入台湾,全家搬到福建龙溪。1917年考入燕京大学,积极投身到当时的五四运动当中。1923—1926年到美国哥伦比亚大学和英国牛津大学研究哲学、宗教学等。1927年回国后担任燕京大学的教授,1935年到香港大学任教。在抗战期间,担任中华全国文艺界抗敌协会香港分会常务理事,为抗战奔走呼号,长期积劳成疾,于1941年病逝。

许地山于1921年与茅盾、叶圣陶、郑振铎等人发起成立文学研究会,创办《小说月报》,开始自己的小说创作。他的早期小说《命命鸟》《缀网劳蛛》,情节奇特,想象丰富,充满浪漫气息,呈现出浓郁的南国风味和异域情调。后期小说《春桃》《铁鱼底鳃》则转向对社会生活的描写以及对黑暗现实的批判,苍劲而坚实。另外还著有《印度文学》《道教史》等。

许地山的散文作品不多,主要集中在散文集《空山灵雨》。他的散文空灵幽远,浅白平缓,但是又在这样的朴素当中,充满哲思,回味无穷。他的散文取材于身边的普通事物,但是却能够凭借着独具的慧眼,赋予一种不同的精神。如因露水而坠落的蝉，看到人逃跑的蛇，太阳的东升，群山里的季节的变换，海面上的苍茫和儿童的诺言，无不体现出一种平和的态度，人和自然万物相处的和谐。尤其是名篇《落花生》，很早就入选了语文教材，滋润过好几代人的心灵。只有极小的篇幅，最简单的文字，却如溽热当中的清凉泉水，繁华落尽之后的虬枝劲干，诠释着一种不变易的美感。

这种美感就是质朴简单，是最彻底的朴实无华。

大家小书 | 落花生

目 录

1 —— 蝉

2 —— 蛇

6 —— 三迁

8 —— 山响

10 —— 蜜蜂和农人

12 —— 荔枝

16 —— 信仰的哀伤

18 —— 暗途

21 —— 海

23 —— 梨花

25 —— 萤灯

52 —— 暾将出兮东方

55 —— 万物之母

62 —— 银翎的使命

66 —— 补破衣的老妇人

69 —— 桥边

74 —— 头发

77 —— 疲倦的母亲

79 —— 乡曲的狂言

83 —— 生

87 —— 面具

89 —— 落花生

94 —— 爱流汐涨

100 —— 海世间

104 —— 上景山

112 —— 先农坛

118 —— 忆卢沟桥

125 —— 我的童年

132 —— 牛津的书虫

139 —— 桃金娘

156 —— 猫乘

163 —— 神怪的猫

170 —— 人事的猫

176 —— 自然的猫

蝉

　　急雨之后,蝉翼湿得不能再飞了。那可怜的小虫在地面慢慢地爬,好不容易爬到不老的松根上头。松针穿不牢的雨珠从千丈高处脱下来,正滴在蝉翼上。蝉嘶了一声,又从树的露根摔到地上了。

　　雨珠,你和他开玩笑么?你看,蚂蚁来了!野鸟也快要看见他了!

蛇

在高可触天的桄榔树下。我坐在一条石凳上,动也不动一下。穿彩衣的蛇也蟠在树根上,动也不动一下。多会让我看见他,我就害怕得很,飞也似的离开那里,蛇也和飞箭一样,射入蔓草中了。

我回来,告诉妻子说:"今儿险些不能再见你的面!"

"什么缘故?"

"我在树林见了一条毒蛇:一看见他,我就速速跑

回来;蛇也逃走了。……到底是我怕他,还是他怕我?"

妻子说:"若你不走,谁也不怕谁。在你眼中,他是毒蛇;在他眼中,你比他更毒呢。"

但我心里想着,要两方互相惧怕,才有和平。若有一方大胆一点,不是他伤了我,便是我伤了他。

三 迁

花嫂子着了魔了!她只有一个孩子,舍不得教他入学。她说:"阿同的父亲是因为念书念死的。"

阿同整天在街上和他的小伙伴玩:城市中应有的游戏,他们都玩过。他们最喜欢学警察、人犯、老爷、财主、乞丐。阿同常要做人犯,被人用绳子捆起来,带到老爷跟前挨打。

一天,给花嫂子看见了,说:"这还了得!孩子要学坏了。我得找地方搬家。"

她带着孩子到村庄里住。孩子整天在阡陌间和他的小伙伴玩：村庄里应有的游戏，他们都玩过。他们最喜欢做牛、马、牧童、肥猪、公鸡。阿同常要做牛，被人牵着骑着，鞭着他学耕田。

一天，又给花嫂子看见了，就说："这还了得！孩子要变畜生了。我得找地方搬家。"

她带孩子到深山的洞里住。孩子整天在悬崖断谷间和他的小伙伴玩。他的小伙伴就是小生番、小猕猴、大鹿、长尾三娘、大蛱蝶。他最爱学鹿的跳跃，猕猴的攀缘，蛱蝶的飞舞。

有一天，阿同从悬崖上飞下去了。他的同伴小生番来给花嫂子报信，花嫂子说："他飞下去么？那么，他就有本领了。"

呀，花嫂子疯了！

山 响

群峰彼此谈得呼呼地响。它们的话语,给我猜着了。

这一峰说:"我们的衣服旧了,该换一换啦。"

那一峰说:"且慢罢,你看,我这衣服好容易从灰白色变成青绿色,又从青绿色变成珊瑚色和黄金色,——质虽是旧的,可是形色还不旧。我们多穿一会儿罢。"

正在商量的时候,它们身上穿的,都出声哀求说:

"饶了我们,让我们歇歇罢。我们的形态都变尽了,再不能为你们争体面了。"

"去罢,去罢,不穿你们也算不得什么。横竖不久我们又有新的穿。"群峰都出着气这样说。说完之后,那红的、黄的彩衣就陆续褪下来。

我们都是天衣,那不可思议的灵,不晓得甚时要把我们穿着得非常破烂,才把我们收入天橱。愿他多用一点儿气力,及时用我们,使我们得以早早休息。

蜜蜂和农人

雨刚晴,蝶儿没有蓑衣,不敢造次出来,可是瓜棚的四围,已满唱了蜜蜂的工夫诗:

彷彷,徨徨!徨徨,彷彷!
生就是这样,徨徨,彷彷!
趁机会把蜜酿。
大家帮帮忙;
别误了好时光。

彷彷，徨徨！徨徨，彷彷！

蜂虽然这样唱，那底下坐着三四个农夫却各人担着烟管在那里闲谈。

人的寿命比蜜蜂长，不必像它们那么忙么？未必如此。不过农夫们不懂它们的歌就是了。但农夫们工作时，也会唱的。他们唱的是：

> 村中鸡一鸣，
> 阳光便上升，
> 太阳上升好插秧。
> 禾秧要水养，
> 各人还为踏车忙。
> 东家莫截西家水；
> 西家不借东家粮。
> 各人只为各人忙——
> "各人自扫门前雪，
> 不管他人瓦上霜。"

荔 枝

短篱里头,一棵荔枝,结实累累。那朱红的果实,被深绿的叶子托住,更是美观;主人舍不得摘它们,也许是为这个缘故。

三两个漫游武人走来,相对说:"这棵红了,熟了,就在这里摘一点儿罢。"他们嫌从正门进去麻烦,就把篱笆拆开,大摇大摆地进前。一个上树,两个在底下接;一面摘,一面尝,真高兴呀!

屋里跑出一个老妇人来,哀声求他们说:"大爷们,我这棵荔枝还没有熟哩;请别作践它;等熟了,再送些给大爷们尝尝。"

树上的人说:"胡说,你不见果子已经红了么?怎么我们吃就是作践你的东西?"

"唉,我一年的生计,都看着这棵树。罢了,罢……"

"你还敢出声?打死你算得什么;待一会儿,看把你这棵不中吃的树砍来做柴火烧,看你怎样。有能干,可以叫你们的人到广东吃去。我们那里也有好荔枝。"

唉,这也是战胜者、强者的权利么?

信仰的哀伤

在更阑人静的时候,伦文就要到池边对他心里所立的乐神请求说:"我怎能得着天才呢?我的天才缺乏了,我要表现的,也不能尽地表现了!天才可以像油那样,日日添注入我这盏小灯么?若是能,求你为我,注入些少。"

"我已经为你注入了。"

伦先生听见这句话,便放心回到自己的屋里。他舍不得睡，提起乐器来，一口气就制成一曲。自己奏了又奏，觉得满意，才含着笑，到卧室去。

第二天早晨，他还没有盥漱，便又把昨晚上的作品奏过几遍；随即封好，叫人邮到歌剧场去。

他的作品一发表出来，许多批评随着在报上登载八九天。那些批评都很恭维他：说他是这一派，那一派。可是他又苦起来了！

在深夜的时候，他又到池边去，垂头丧气地对着池水，从口中发出颤声说："我所用的音节，不能达我的意么？呀，我的天才丢失了！再给我注入一点罢。"

"我已经为你注入了。"

他屡次求，心中只听得这句回答。每一作品发表出来，所得的批评，每每使他忧郁不乐。最后，他把乐器摔碎了，说："我信我的天才丢了，我不再作曲子了。唉，我所依赖的，枉费你眷顾我了。"

自此以后，社会上再不能享受他的作品；他也不晓得往哪里去了。

暗 途

"我的朋友,且等一等,待我为你点着灯,才走。"

吾威听见他的朋友这样说,便笑道:"哈哈,均哥,你以我为女人么?女人在夜间走路才要用火;男子,又何必呢?不用张罗,我空手回去罢——省得以后还要给你送灯回来。"

吾威的村庄和均哥所住的地方隔着几重山,路途崎岖得很厉害。若是夜间要走那条路,无论是谁,都得带灯。

所以均哥一定不让他暗中摸索回去。

均哥说:"你还是带灯好。这样的天气,又没有一点儿月影,在山中,难保没有危险。"

吾威说:"若想起危险,我就回去不成了……"

"那么,你今晚上就住在我这里,如何?"

"不,我总得回去,因为我的父亲和妻子都在那边等着我呢。"

"你这个人,太过执拗了。没有灯,怎么去呢?"均哥一面说,一面把点着的灯切切地递给他。他仍是坚辞不受。

他说:"若是你定要叫我带着灯走,那叫我更不敢走。"

"怎么呢?"

"满山都没有光,若是我提着灯走,也不过是照得三两步远;且要累得满山的昆虫都不安。若凑巧遇见长蛇也冲着火光走来,可又怎办呢?再说,这一点的光可以把那照不着的地方越显得危险,越能使我害怕。

在半途中,灯一熄灭,那就更不好办了。不如我空着手走,初时虽觉得有些妨碍,不多一会儿,什么都可以在幽暗中辨别一点。"

他说完,就出门。均哥还把灯提在手里,眼看着他向密林中那条小路穿进去,才摇摇头说:"天下竟有这样的怪人!"

吾威在暗途中走着,耳边虽常听见飞虫、野兽的声音,然而他一点儿害怕也没有。在蔓草中,时常飞些萤火出来,光虽不大,可也够了。他自己说:"这是均哥想不到,也是他所不能为我点的灯。"

那晚上他没有跌倒,也没有遇见毒虫野兽,安然地到他家里。

海

我的朋友说:"人的自由和希望,一到海面就完全失掉了!因为我们太不上算,在这无涯浪中无从显出我们有限的能力和意志。"

我说:"我们浮在这上面,眼前虽不能十分如意,但后来要遇着的,或者超乎我们的能力和意志之外。所以在一个风狂浪骇的海面上,不能准说我们要到什么地方就可以达到什么地方;我们只能把性命先保持住,随着波涛颠来簸去便了。"

我们坐在一只不如意的救生船里,眼看着载我们到半海就毁坏的大船渐渐沉下去。

我的朋友说:"你看,那要载我们到目的地的船快要歇息去了!现在在这茫茫的空海中,我们可没有主意啦。"

幸而同船的人,心忧得很,没有注意听他的话。我把他的手摇了一下说:"朋友,这是你纵谈的时候么?你不帮着划桨么?"

"划桨么?这是容易的事。但要划到哪里去呢?"

我说:"在一切的海里,遇着这样的光景,谁也没有带着主意下来,谁也脱不了在上面泛来泛去。我们尽管划罢。"

梨 花

她们还在园里玩,也不理会细雨丝丝穿入她们的罗衣。池边梨花的颜色被雨洗得更白净了,但朵朵都懒懒地垂着。

姊姊说:"你看,花儿都倦得要睡了!"

"待我来摇醒他们。"

姊姊不及发言,妹妹的手早已抓住树枝摇了几下。花瓣和水珠纷纷地落下来,铺得银片满地,煞是好玩。

妹妹说:"好玩啊,花瓣一离开树枝,就活动起来了!"

"活动什么?你看,花儿的泪都滴在我身上哪。"姊姊说这话时,带着几分怒气,推了妹妹一下。她接着说:

"我不和你玩了,你自己在这里罢。"

妹妹见姊姊走了,直站在树下出神。停了半晌,老妈子走来,牵着她,一面走着,说:"你看,你的衣服都湿透了,在阴雨天,每日要换几次衣服,叫人到哪里找太阳给你晒去呢?"

落下来的花瓣,有些被她们的鞋印入泥中;有些粘在妹妹身上,被她带走;有些浮在池面,被鱼儿衔入水里。那多情的燕子不歇把鞋印上的残瓣和软泥一同衔在口中,到梁间去,构成它们的香巢。

萤 灯

萤是一种小甲虫。它的尾巴会发出青色的冷光,在夏夜的水边闪烁着,很可以启发人们的诗兴。它的别名和种类在中国典籍里很多,像耀夜、景天、熠耀、丹良、丹鸟、夜光、照夜、宵烛、挟火、据火、炤燐、夜游女子、蚈、炤等都是。种类和名目虽然多,我们在说话时只叫它作萤就够了。萤的发光是由于尾部薄皮底下有许多细胞被无数小气管缠绕着。细胞里头含有一种可燃的物质，有些科学家怀疑它是一种油类，当空气通过气管的时候，因氧化作用便发出光耀，不过它的成分是什么，分泌的机关在哪里，生物学家还没有考察出来，只知道那光与灯光不同，因为后者会发热，前者却是冷的。我们对于这种萤光，希望将来可以利用它。萤的脾气是不愿意与日月争光。白天固然不发光，就是月明之夜，它也不大喜欢显出它的本领。

自然的萤光在中国或外国都被利用过，墨西哥海岸的居民从前为防海贼的袭掠，夜时宁愿用萤火也不敢点灯。美洲劳动人民在夜里要通过森林，每每把许多萤虫绑在脚趾上。古巴的妇人在夜会时，常爱用萤来做装饰，或系在衣服上，或做成花样戴在头上。我国晋朝的车胤，因为家贫，买不起灯油，也利用过萤光来读书。古时好奇的人也曾做过一种口袋叫作聚萤囊，把许多萤虫装在囊中，当作玩赏用的灯。不但是人类，连小裁缝鸟也会逮捕萤虫，用湿泥粘住它的翅膀安在巢里，为的是叫那囊状的重巢在夜间有灯。至于扑萤来玩或做买卖的，到处都有。有些地方，像日本，还有萤虫批发所，一到夏天就分发到都市去卖。隋炀帝有一次在景华宫，夜里把好几斛的萤虫同时放出才去游山，萤光照得满山发出很美丽的幽光。

关于萤的故事很多。北美洲的传说中有些说太古时候有一个美少年住在森林里，因为失恋便化成一只大萤飞上天去，成为现在的北极星。我国从前都以为萤是腐草所变的，其实萤的幼虫是住在水边的，所以池塘的四周在夏夜里常有萤火点缀着。岸边的树影加上点点的微光，我们想想，是多么优美呢！

我们既已经知道萤虫那样含有浓厚诗意，又是每年的夏夜在到处都可以看见的，现在让我说一段关于萤的故事罢。

从前西方有一个康国，人民富庶，土地膏腴，因而时常被较贫乏的邻国羝原所侵略。康国在位的常喜王只有一个儿子，名叫难胜，很勇敢强健，容貌也非常地美，远看着他站在殿上就像一根玉柱立着一样。有一次，羝原人又来侵犯边境，难胜太子便请求父王给他一支兵，由他领出都门去抵御寇敌。常喜王因为爱他太甚，舍不得叫他上前敌，没有应许他。无奈难胜时刻地申请，常喜王就给他一个难题，说："若是你必要上前敌去的话，除非是不用油和蜡，也不用火把，能够把那座灯台点亮了才可以。这是要试验你的智力，因为战争是不能单靠勇力的。"

难胜随着父王所指的地方看去，只见大堂当中安着一座很大很大的灯台，一丈多高，周围满布着小灯，各色各样的玻璃罩子罩在各盏灯上，就是不点也觉得它很美丽。父王指着给他看过之后，便垂着头到外殿去了。难胜走到灯台跟前，细细地观察它。原来那灯台是纯金打成的，台柱满镶上各样宝贝。因为受宝光的眩惑，使他不由得不用手去摩触那上头的各个宝饰。他触到一颗红宝的时候，忽然把柱上的一扇门打开了。这个使他很诧异，因为宫里的好东西太多了，那座灯台放在堂中从来也没人注意过，没人知道它的构造，甚至是在什么时代传下来的，连宫里最老的太监都不知道。国王舍不得用它，怕把它弄脏了，所以只当作一种奇物陈设着。那台柱的直径有三尺左右，台座能容一个人躺下还有很宽裕的空间。它支持着一千盏灯，想来是世间最大的灯台。难胜踏进台柱里去，门一关，正好把自己藏在里头。他蹲下去，躺在台座里，仰望着各色的小圆光从各种宝石透射进来，真是好看。他又理会座上铺着一层厚垫子，好像是预备给人睡的。他想这也许是宫里的一个临时避难所，外边有什么变故，国王尽可以避到这里头来。但是他父亲好像不知道有这个地方，不然，怎么一向没听见他说过，也没人见他开过这扇门。他胡思乱想了一阵，几乎忘了他父亲所要求于他的事情。过了一会儿他才想回来。立刻站起，开了门，从原处跳出来。他把门关好，绕着灯台一面望，一面想着方才的问题。

　　几天之后，战争的消息越发不利了。难胜却还想不出一个不用油蜡等物而可以把那座灯台点起来的方法。可是，他心里生出一个别的计划。他想万一敌人攻到都城附近，父王难免领兵出去迎战，假如不幸城被攻破，宫里的宝物一定会被掠夺尽的。他虽然能战，怎奈一个兵也没有，无论如何，是不成功；不如藏在灯台里头，若是那东西被搬到羝原去，他便可以找机会来报复。他想定了，便把干粮、水和一切应备的用具及心爱的宝贝、兵器，都预先藏在灯台里头。

果然不出所料，强寇竟破了都城，常喜王也阵亡了。全城到处起火，号哭和屠杀的惨声已送到宫里。太子立刻叫他的学伴慧思自想方法逃避些时，他又告诉了他自己的计策。难胜看见慧思走了，自己才从容地踏进灯台去。不到一顿饭的工夫，敌兵已进入王宫，到处搜掠东西。一群兵士走到灯台跟前，个个认定是金的，都争着要动手击毁，以为人人可以平分一份。幸而主帅来到，说："这灯台是要献给大王的，不许毁坏。"大家才不敢动手，他叫十几个兵士守着，当天把它搬上火车，载回本国去。

"好美的灯台！"羝原国的王鸢眼看见元帅把战利品排在宝座前的时候这么说。他命人把它送到他最喜欢的玉华公主的寝室去。难胜躺在灯台里，听见这话，暗中叫屈，因为他原来是希望被放在国王的寝宫里，好乘机会杀了他的。但是他一声也不敢响，安然地被放在公主的房里。

公主进来，叫宫女们都来看这新受赐的宝灯，人人看了都赞美一番。有一个宫女说："这灯台来得正好，过两个月，不是公主的生日吗？我们可以把它点起来，请大王和王后来赏玩。"

"这得用多少油呢？"另一个宫女这样问。她数着，忽然发觉了什么似地，嚷起来："你看！这灯台是假的！"大家以为她有什么发现，都注视着她。她却说："没有油盏，怎样点呢？"又一个说："既使有油盏，一千盏灯，得多少人来点？"当下议论纷纷，毫无结果。玉华也被那上头的宝光眩惑住，不去注意点它的方法。

夜深了，玉华睡在床上，宫女们也歇息去了。难胜轻轻地从灯台跳出来，手里拿着一把刀，慢慢踱到公主的床边。在稀微的灯光底下，看见她躺着，直像对着一片被月光照耀的银渚。她胸前的一高一低，直像沙头的微浪在寒光底下荡漾着。他看呆了，因为世间从来没有比对着这样一个美人更能动人心情的事。

他没想着那是仇人的女儿，反而发生了恋慕的情怀。他把刀放下，从身上取出一个小金盒，打开，在灯光底下用小刀轻轻地刻了几个字："送给最可爱的公主。"刻完之后，合回去，轻微地放在公主的枕边。他不敢惊动公主，只守着她，到听见掌灯火的宫女的脚步声，才急忙地踏进灯台去。

第二天早晨，公主醒来，摩着枕边的小金盒，就非常惊异。可是她不敢声张，心里怀疑是什么天神鬼怪之类。晚宴又上来了，公主回到寝室去。到第二天早晨，她在枕边又得到一个很宝贵的戒指。这样一连好些日子，什么手镯、足钏、耳环、臂缠种种女子喜欢的装饰品都莫名其妙地从枕头边得着了，而且比她在大典大节时候所用的还要好得多。原来康国的风俗，男女的装饰品没有多大的分别；他所赠与的，都是他日常所用的。

公主倒好奇起来了，她立定主意要看看夜间那来送东西的人物。但是她常熟睡，候了好几夜都没看见。最后，她不告诉别人，自己用针把小指头刺伤，为的是教夜间因痛而睡不着。到夜静之后，果然看见灯台的中柱开了一扇门，从门里跳出一个美男子来。她像往时一样，睡在床上，两眼却微微地开着。那男子走近床边，正要把一颗明珠放在她枕边，她忽然坐起来，问："你是谁？"

难胜看见她起来，也不惊惶，从容地回答说："我是你的俘虏。"

"你是灯台精罢？"

"我是人，是难胜太子。你呢？"

"我名叫玉华。"

公主也曾听人说过难胜太子的才干，一来心里早已羡慕，二来要探探究竟，于是下床把灯弄亮了，请他坐下。彼此相对着，便互相暗赞彼此的美丽。从此以后，每夜两人必聚谈些时候，才各自睡去。从此以后，公主也命人每日多备些好吃的东西，放在房里。这样日子久了，就惹起宫女们的疑惑，她们想着公主的食粮忽然增加起来，而且据她说都是要在夜间睡了一会儿才起来吃的。不但如此，洗衣服的宫女也理会到常洗着奇怪的衣服,不是公主平日所穿的。她们大家都以为公主近来有点奇怪,大家都愿意轮流着伺察她在夜间的动静。

自从玉华与难胜亲热之后,公主便不许任何人在她睡后到她的卧室里,连掌灯的宫女也不许进去,她也不要灯光了。她住的宫廷是靠着一个池塘,在月明之夜,两人坐在窗边,看月光印在水里,玉簪和晚香玉的香气不时掠袭过来,更帮助了他们相爱的情。在众星历落的时分,就有无数的萤火像拿着灯的一群小仙人在树林中做闲逸的夜游。他俩每常从窗户跳出去,到水边坐下谈心。在幽静的夜间,彼此相对着,使他们感到天地间的一切都是属于他们的。

宫女们轮流侦察的结果,使宫中遍传公主着了邪魔。有些说听见公主在池边和男子谈话,有些说看见一个人影走近灯台就不见了。但是公主一点儿也不知道大家的议论,她还是每夜与难胜相会,虽然所谈的几乎是一样的话,可是在他们彼此听来,就像唱着一阕百听不厌的妙歌,虽然唱了再唱,听过再听,也不在幽静的夜间，彼此相对着，使他们感到天地间的一切都是属于他们的。

我自信我是有情人,虽不能知道爱情的神秘,却愿多多地描写爱情生活。我立愿尽此生,能写一篇爱情生活,便写一篇;能写十篇,便写十篇;能写百千亿万篇,便写百千亿万篇。(许地山《无法投递之邮件》)

觉得是陈腐。

这事情叫王后知道了,她怕公主被盘问不好意思,只叫人把灯台移到大堂中间。公主很不愿意,但王后对她说:"你的生日快到了,留着那珍贵的灯台不点做什么?"

"儿不愿意看见这灯台被弄脏了,除非妈妈能免掉用油蜡一类的东西,使全座灯台用过像没用一样,儿才愿意咧。"玉华公主这个意思当然是从难胜得着的。难胜父王把难题交给他,公主又同调地把它交给母后。可是她的母亲并不重视她的难题,只说:"要灯台不脏还不容易吗?难道我们没有夜明珠?我到你父亲的宝库里捡出一千颗出来放在灯盏上不就成了吗?"她于是叫人到库里去要,可是真正的夜明珠是不容易得到的,司宝库的官吏就给王后出一个主意,教她还是把工匠召来,做上一千盏灯,说明不许用油和蜡。工匠得了这个难题便到处请教人家,至终给他打听出一个方法。

他听见人说在北方很远的地方有个山坑,恒常地发出一种气体,那里的人不点油,不用蜡,只用那种气。他想这个很符合王后的要求,于是请求王后给他多些日子预备,把灯盏的大小量好,骑着千里马到那地方去。他看见当地的人们用猪膀胱来盛那种气体,便搜集了二千个,用好几天的功夫把它们充满了,才赶程回都城去。

在预备着灯盏的时候,玉华老守着那座灯。甚至晚上也铺上一张行床在旁边。王后不愿意太拂她的意思,只令一个侍女在她身边侍候。在侍女躺在床上的时候,她用一种安眠香轻轻地放在她鼻孔旁边,这样可以使她一觉睡到天明,玉华仍然可以和难胜在大堂的一个犄角的珠幔的下密谈。

工匠回到都城,将每个猪膀胱都嵌在金球里,每个金球的上端露出一根小小的气管,远看直像一颗金橙子。管与球的连接处有个小掣可以拧动。那就是管制灯火大小的关键。好容易把一千个灯球做好了,把一千个猪膀胱装进去,其余一千个留着替换。

玉华的生日到了。王与后为她开了很大的宴会,当夜把灯台上的一千盏灯点着了。果然一点儿油脏和煤炱都没有，而且照得满庭光亮无比。正在歌舞得高兴的时候，台柱里忽然跳出一个人，吓得贵宾们都各自躲藏起来，他们都以为是神怪出现。玉华也吓愣了，原来难胜在灯台里受不了一千盏灯火的热，迫得他要跳出来，国王的侍卫们没等他走到王跟前就把他逮起来。王在那里审问他，知道他是什么人以后，就把他送到牢里去。

玉华要上前去拦住，反被父王训斥了一顿，不由得大哭着往自己的寝室去了。

自从那晚上起，玉华老躺在床上，像害了很重的病，什么都不进口。王后着急，鸢眼王也很心痛，因为她们只有这个爱女。王后劝王把难胜放出来与她结婚，鸢眼王为国仇的关系老不肯点头。他一面叫把难胜刑罚得遍体鳞伤，把他监在城外一个暗洞；一面叫宣令官布告全国寻找名医。这样的病，不说全国，就是全世界也少有人能够把它治好的。现在先要办的事是用方法叫玉华吃东西，因为她的身体越来越荏弱了。御膳房所做的羹汤没有一样是她要吃的。王于是命令全国的人都试做一碗或一盆菜羹，如公主吃了那人所做的东西，他就得受很宝贵的奖品，而且可以自己挑选。

我们记得当日难胜太子当国破家亡的时候曾教他的学伴自己逃生。这个学伴名叫慧思，也流落到羝原国的都城来。他是为着打听难胜的下落来的，所以不敢有固定的职业，只是到处乞食，随地打听。宫里的变故他已听说过，所以他用尽方法去打听难胜监禁的地方。他从一个狱卒那里知道太子是被禁在城外一个暗洞里，便到那里去查勘。原来那是一个水洞，洞里的水有七八尺深，从洞口泅水进去，许久还不到尽头处，而且从来就没有人敢这样尝试过。洞里的黑暗简直不能形容，曾有人用小筏持火把进去，但走不到百尺，火就被洞里的风吹灭了。人们说洞里那边是通天上的，如有人走到底，他便会成仙，可是一向也没有人成功过，甚至常见尸首漂流出来。很奇怪的是洞里的水老向洞口流出，从没见过水流进去。王叫人把难胜幽禁在暗洞的深处，那里头有一个浮礁，可容四五人，历来犯重罪的人都被送到那上头去。犯人一到里头只好等死，无论如何，不能逃生。

难胜在那洞里经过三天，睁着眼，什么都看不见，身上的伤痕因着冷气渐渐不觉得痛苦，可是他是没法逃脱的。离他躲的地方两三尺，四围都是水，所以他在那里只后悔不该与仇人的女儿做朋友，以至仇没报得，反被拘禁起来。

慧思知道太子在洞里，可没法拯救他。他想着惟有叫玉华公主知道，好商量一个办法。他立找个机会与公主见面，可巧鸢眼王征求调羹的命令发出来，于是他也预备一钵盂的菜汤送到王宫去。众守卫看见他穿得那么褴褛，用的是乞丐的钵盂，早就看不起他，比着剑要驱逐他。其中一个人说："看你这样贱相，配做菜给公主尝吗？一大帮的公子王孙用金盆、银盏来盛东西，她还看不上眼哪。快走罢，一会儿大王出来大家都不方便。"

"好老爷，让我把这点儿粗东西献给公主罢。我知道公主需要这样特异的风味。若是她肯尝，我必要将所得一半报答你们。"

守卫的兵士商量了一会儿,便领他进宫里去。宫女们都掩着嘴偷笑,或捏着鼻子走开。他可很庄严,直像领班的宰相在大街上走着一般。到公主的寝室门口,侍女要上前来接他手捧着的钵盂,他说:"我得亲自献给公主,不然,这汤的味道就会差了。"侍女不由得把他领到公主床边,公主一睁眼看见是个乞丐,就很生气说:"你是哪里来的流氓,敢冒昧地到我这里来?"

慧思说:"公主,请不要凭外貌来评定人,我这钵盂菜汤除掉难胜太子尝过以外,谁也没尝过。公主请……"

他还没说完,玉华已被太子的名字吸住了。她急问:"你认得难胜太子么?你是谁?"

他把手上戴着的一个戒指向着公主说:"我是他的学伴。我手上戴的是他赠与我的。他有一对这样的戒指,我们两人分着戴。"

公主注视那戒指,果然和太子所给她的是一对东西。不由得坐起来,说:"好,你把汤端来我尝尝。"

她一面喝,一面问慧思与太子的关系。那时侍女们都站得远远地,他们说什么都听不见,只看见公主起来喝着那乞丐的东西,有一个性急的宫女赶紧跑到王面前报告。王随即到公主寝室里来。

"你说!现在你想要求什么呢?"王问。

"求大王赐给我那陈列在大庭中间的金灯台。"

王一听见要那金灯台便注视着慧思,他问:"那灯台于你有什么用呢?看你的样子,连房子都不会有一间的,那东西你拿去安排哪里?"

慧思心里以为若要到黑洞里去找难胜,非得用那座灯台不可,因为它可以发出很大的光,而且每盏都有灯罩,不怕洞里的风把它吹灭了。但是鸢眼盘问之后,知道他也是难胜的人,不由得大怒,立刻命令侍卫来把他拖下去,也幽禁在那暗洞里。侍卫还没到之前,宫女忽然来报宰相在外庭有要事要见他。王于是径自出去了。

玉华叫慧思到她的床前,安慰他。在宫里,无论如何他是不能逃脱的。他只告诉公主他要那座灯台的意思。公主知道难胜被幽在洞里,也就叫他先去和太子做伴,等她慢慢想方法把那座灯台弄出宫外去,刚刚说了几句话,侍卫们便来把慧思带出去了。

慧思在路上受尽许多侮辱,他只低着头任人耻笑,因自己有主意,一点儿也不发作,怒气只隐藏在心里,非要等到复国那一天,最好是先不要表示什么。他们来到水边,两个狱卒把慧思放在筏上,慢慢地撑进洞里。那两人是进去惯了的,他们知道撑几篙就可以到那浮礁。把慧思推上去之后,还从原筏泛出来。

慧思摩触难胜,对他说:"我是慧思呀。"又告诉他怎样从公主那里来,难胜的创痕虽好了些,可是饿得动不得了,好在慧思临出宫廷的时候,公主暗自把一些吃的掖在他怀里。他就取出来,在黑暗中递到太子的嘴里。

洞里是永远的夜,他们两个不说话的时候,除去滴水和流水的声音以外,一点儿也听不见什么。他们不晓得经过多少时候,忽然看见远远有光射进来,不觉都坐在礁上观望。等到那光越来越近，才听见玉华喊叫难胜的声音。她踏上浮礁，与难胜相见。这时满洞都光亮得很，筏上的灯台印在水面，光度更加上一倍。

玉华公主开始说她怎样怂恿母后把灯台交给金匠去熔化掉，然后教一两个亲近的人去与那匠人说通了，用高价把它买回来，偷偷地运出城外去。有一个亲信的宫女的家就在那洞口的水边，就把那灯台暂时藏在那里。她的难题在要把灯台送进洞里去的时候就发生了。小小的筏子绝不能载得起那么重的金灯台，而且灯球当着洞口的风也点不着，公主私自在夜间离开宫廷，帮着点灯，在太阳没出来以前又赶着回宫去。这样做了好些晚上，可是灯点着了，筏子又载不起，至终把灯球的气都点完了。到最后几盏，在将灭未灭的时候，忽然树林里飞来一大群的萤火，有些不晓得怎样飞进灯罩里去，不能出来，在罩里射出闪闪烁烁的光辉。这个，激发了公主的心思，她想为什么不把萤火装在一千盏灯里头呢？她即有了主意，几个亲信人立刻用纱缝了些网子到水边各处去捕获。不到两晚上，已经装满了一千盏灯。公主一面又想着怎样把灯台安在小筏上面。最后她决定用那一千个金球，联结起来，放在水面，然后把筏子压在球上头。这样做法，使筏子的浮力增加了好些倍，灯台于是被安置得上。一切都安排好了，公主和两个亲近的人就慢慢地撑进洞里去。幸而水流还不很急，灯台和人在筏子上也有相当的重量，所以进行得很顺利。

　　洞里现在是充满了青光，一切都显得更美丽。好冒险的难胜太子提议暂时不出洞外，可以试试逆溯到洞底。大家因为听过传说，若能达到洞底，就可以到另一个天地，就可以成仙，所以暂时都不从危险方面着想；而且人多胆壮，都同意溯流而进。慧思的力量是很大的，只有他一个人撑篙。那筏离开浮礁渐渐远了。一路上看见许多怪样的石头，有时筏上人物的影子射在洞壁上头，显得青一片，黑一片的。在走了好些水程之后，果然远远地看见前面一点微光好像北极星那么大。筏子再进前，那光丸越显得大了些。他们知道那是另外一个洞口，便鼓着勇气，大家撑起来，不到两个时辰竟然出了洞口。原来这洞是一条暗河，难胜许久没与强度的阳光接触，不由得晕眩了一会。至终他认识所在的四围好像是他从前曾在那里打过猎的地方。他对慧思说："这不是到了我们的国境吗？这不就是龙潭吗？你一定也认得这个地方。"慧思经过这样提醒，也就认得是本国的边境的龙潭，一向没有人理会，那潭水还通着一条暗河。他说："可不是？我们可以立刻回到宫里去。"

　　康国自从常喜王阵亡了之后，就没人敢承继，因为大家都很尊敬难胜，知道他有一天终会回来，所以国政是由几个老臣摄行。鸢眼王的军队侵略进来之后，大队不久也自退出去了，只留下些小队伍守着都城，太子同慧思到村落里找村长。村长认得是小主，喜欢得很，立刻骑上马到都城去，告诉那班老臣，几个老臣赶到村里来迎接他们，相见之下，悲喜交集。太子问了些国家大事，都说兵精粮足，可以报仇了，现在散布在都城外的各地，所等待的只是一位领兵的元帅。

现在太子回来，什么都具备了。

慧思劝太子不要用兵，说："对于邻国是要和睦的，我们既有了精强的兵力，本来可以复仇，但是这不会太伤玉华公主的心吗？不如把军队从刚才来的那个水洞送到那边去，再分一队把都城的敌兵围起来，若不投降便歼灭他们。我单人去见国王，要他与我们订盟，彼此不相侵略，从前的损失要他偿还；他若不答应我们再开仗也不迟。他们一定不会防到我们的兵会从那水洞泛出来的。胜算操在我们手里，我们为什么要多杀人呢？"

这话把与会的文武官员都说服了。难胜即日登了王位，老臣们分头调动军队，预备竹筏，又派慧思为使者骑着快马到羝原国去。

鸢眼王看见当日的乞丐忽然以使者的身分现在他座前，不由得生气，命人再把他送到黑洞里去。慧思心里只好笑，临行的时候对他说："大王不要太骄傲，我们的兵不久就会到你的城下来。"

兵士把他送进暗洞里像往日一样。但一到浮礁，

早有难胜的哨兵站在那里。他们把送慧思来的兵士绑起来,一面用萤火的光做信号报告到帅府。不到三个时辰,大兵已进到水洞。个个兵士头上都顶着一盏萤灯,竹筏连接起来,简直成为一条很长的浮桥。暗洞里又充满了青光,在水面像凌乱的星星浮泛着。

大队出了洞口,立刻进到都城。鸢眼王真是惊讶难胜进兵的神速,却还不知道兵是从哪里来的,他恐慌了,群众都劝他和平解决,于是派遣了最信任的宰相来到难胜军帐中与他议和。难胜只要求偿还历次侵略的损失和将玉华许配给他。这条件很顺利地被接纳了。他们把玉华公主送回国去,择个吉日迎娶过来。

从此以后,那黑暗的水洞变成赏萤火的名胜,因为两国人民从此和好,个个都忆起那条水和水边的萤虫,都喜欢到那里去游玩。

难胜把那座金灯台仍然安置在宫廷中间。那是它永久的地方,它这回出国带着光荣回来,使人人尊仰。所以每到夏夜,难胜王必要命人把萤火装在一千个灯罩里,为的是纪念他和玉华王后的旧事。

暾将出兮东方

在山中住,总要起得早,因为似醒非醒地眠着,是山中各样的朋友所憎恶的。破晓起来,不但可以静观彩云的变幻和细听鸟语的婉转,有时还从山巅、树表、溪影、村容之中给我们许多不可说的愉快。

我们住在山压檐牙阁里,有一次,在曙光初透的时候,大家还在床上眠着,耳边恍惚听见一队童男女的歌声,唱道:

> 榻上人，应觉悟！
> 晓鸡频催三两度。
> 君不见——
> "暾将出兮东方"，
> 微光已透前村树？
> 榻上人，应觉悟！

往后又跟着一节和歌：

> 暾将出兮东方！
> 暾将出兮东方！
> 会见新曦被四表，
> 使我乐兮无央。

那歌声还接着往下唱，可惜离远了，不能听得明白。

啸虚对我说："这不是十年前你在学校里教孩子唱的么？怎么会跑到这里唱起来？"

我说："我也很诧异，因为这首歌，连我自己也早已忘了。"

"你的暮气满面,当然会把这歌忘掉。我看你现在要用赞美光明的声音去赞美黑暗哪。"

我说:"不然,不然。你何尝了解我?本来,黑暗是不足诅咒,光明是毋须赞美的。光明不能增益你什么,黑暗不能妨害你什么,你以何因缘而生出差别心来?若说要赞美的话:在早晨就该赞美早晨;在日中就该赞美日中;在黄昏就该赞美黄昏;在长夜就该赞美长夜;在过去、现在、将来一切时间,就该赞美过去、现在、将来一切时间。说到诅咒,亦复如是。"

那时,朝曦已射在我们脸上,我们立即起来,计划那日的游程。

万物之母

在这经过离乱的村里,荒屋破篱之间,每日只有几缕零零落落的炊烟冒上来;那人口的稀少可想而知。你一进到无论哪个村里,最喜欢遇见的,是不是村童在阡陌间或园圃中跳来跳去;或走在你前头,或随着你步后模仿你的行动?村里若没有孩子们,就不成村落了。在这经过离乱的村里,不但没有孩子,而且有人向你要求孩子!

这里住着一个不满三十岁的寡妇，一见人来，便要求，说："善心善行的人，求你对那位总爷说，把我的儿子给回。那穿虎纹衣服、戴虎儿帽的便是我的儿子。"

她的儿子被乱兵杀死已经多年了。她从不会忘记：总爷把无情的剑拔出来的时候，那穿虎纹衣服的可怜儿还用双手招着，要她搂抱。她要跑去接的时候，她的精神已和黄昏的霞光一同麻痹而熟睡了。唉，最惨的事岂不是人把寡妇怀里的独生子夺过去，且在她面前害死吗？要她在醒后把这事完全藏在她记忆的多宝箱里，可以说，比剖芥子来藏须弥还难。

她的屋里排列了许多零碎的东西；当时她儿子玩过的小团也在其中。在黄昏时候，她每把各样东西抱在怀里说："我的儿，母亲岂有不救你，不保护你的？你现在在我怀里咧。不要作声，看一会儿人来又把你夺去。"可是一过了黄昏，她就立刻醒悟过来，知道那所抱的不是她的儿子。

那天，她又出来找她的"命"。月的光明蒙着她，使她在不知不觉间进入村后的山里。那座山，就是白天也少有人敢进去，何况在盛夏的夜间，杂草把樵人的小径封得那么严！她一点儿也不害怕，攀着小树，缘着茑萝，慢慢地上去。

她坐在一块大石上歇息，无意中给她听见了一两声的儿啼。她不及判别，便说："我的儿，你藏在这里么？我来了，不要哭啦。"

她从大石下来，随着声音的来处，爬入石下一个洞里。但是里面一点儿东西也没有。她很疲乏，不能再爬出来，就在洞里睡了一夜。

第二天早晨，她醒时，心神还是非常恍惚。她坐在石上，耳边还留着昨晚上的儿啼声。这当然更要动她的心，所以那方从霭云被里钻出来的朝阳无力把她脸上和鼻端的珠露晒干了。她在瞻顾中，才看出对面山岩上坐着一个穿虎纹衣服的孩子。可是她看错了！那边坐着的，是一只虎子；它的声音从那边送来很像儿啼。她立即离开所坐的地方，不管当中所隔的谷有多么深，尽管攀缘着，向那边去。不幸早露未干，所依附的都很湿滑,一失手,就把她溜到谷底。

她昏了许久才醒回来。小伤总免不了,却还能够走动。她爬着,看见身边暴露了一副小骷髅。

"我的儿,你方才不是还在山上哭着么?怎么你母亲来得迟一点,你就变成这样?"她把骷髅抱住,说,"呀,我的苦命儿,我怎能把你医治呢?"悲苦尽管悲苦,然而,自她丢了孩子以后,不能不算这是她第一次的安慰。

从早晨直到黄昏,她就坐在那里,不但不觉得饿,连水也没喝过。零星几点,已悬在天空,那天就在她的安慰中过去了。

她忽想起幼年时代,人家告诉她的神话,就立起来说:"我的儿,我抱你上山顶,先为你摘两颗星星下来,嵌入你的眼眶,叫你看得见;然后给你找相像的皮肉来补你的身体。可是你不要再哭,恐怕给人听见,又把你夺过去。"

"敬姑,敬姑。"找她的人们在满山中这样叫了好几声,也没有一点儿影响。

悲苦尽管悲苦,然而,自她丢了孩子以后,不能不算这是她第一次的安慰。

生本不乐……自入世以来,屡遭变难,四方流离,未尝宽怀就枕。在睡不着时,将心中似忆似想的事,随感随记;在睡着时,偶得趾离过爱,引领我到回忆之乡,过那游离的日子,更不得不随醒随记。(许地山《空山灵雨》弁言)

"也许她被那只老虎吃了。"

"不，不对。前晚那只老虎是跑下来捕云哥圈里的牛犊被打死的。如果那东西把敬姑吃了，决不再下山来赴死。我们再进深一点儿找罢。"

唉，他们的工夫白费了！

纵然找着她，若是她还没有把星星抓在手里，她心里怎能平安，怎肯随着他们回来？

银翎的使命

黄先生约我到狮子山麓阴湿的地方去找捕蝇草。那时刚过梅雨之期,远地青山还被烟霞蒸着,惟有几朵山花在我们眼前淡定地看那在溪涧里逆行的鱼儿喋着它们的残瓣。

我们沿着溪涧走。正在找寻的时候,就看见一朵大白花从上游顺流而下。我说:"这时候,哪有偌大的白荷花流着呢?"

我的朋友说:"你这近视鬼!你准看出那是白荷花么?我看那是……"

说时迟,来时快,那白的东西已经流到我们跟前。黄先生急把采集网拦住水面;那时,我才看出是一只鸽子。他从网里把那死的飞禽取出来,诧异说:"是谁那么不仔细,把人家的传书鸽打死了!"他说时,从鸽翼下取出一封长的小信来,那信已被水浸透了;我们慢慢把它展开,披在一块石上。

"我们先看看这是从哪里来,要寄到哪里去的,然后给他寄去,如何?"我一面说,一面看着。但那上头不但地址没有,甚至上下的款识也没有。

黄先生说:"我们先看看里头写的是什么,不必讲私德了。"

我笑着说:"是,没有名字的信就是公的,所以我们也可以披阅一遍。"

于是我们一同念着:

你叫昆儿带银翎、翠翼来,吩咐我,若是他们空着回去,就是我还平安的意思。我恐怕他知道,

把这两只小宝贝寄在霞妹那里;谁知道前天抛开笼搁饲料的时候,不提防把翠翼放走了!

嗳,爱者,你看翠翼没有带信回去,定然很安心,以为我还平安无事。我也很盼望你常想着我的精神和去年一样。不过现在不能不对你说的,就是过几天人就要把我接去了!我不得不叫你速速来和他计较。你一来,什么事都好办了。因为他怕的是你和他讲理。

嗳,爱者,你见信以后,必得前来,不然,就见我不着;以后只能在累累荒冢中读我的名字了,这不是我不等你,时间不让我等你哟!

我盼望银翎平平安安地带着他的使命回去。

我们念完,黄先生道:"这是怎么一回事?"

"谁能猜呢?反正是不幸的事罢了。现在要紧的,就是怎样处置这封信。我想把它贴在树上,也许有知道这事的人经过这里,可以把它带去。"我摇着头,且轻轻地把信揭起。

黄先生说:"不如拿到村里去打听一下,或者容易找出一点儿线索。"

我们商量之下,就另抄一张起来,仍把原信系在鸽翼底下。黄先生用采掘锹子在溪边挖了一个小坑,把鸽子葬在里头,回头为他立了一座小碑,且从水中淘出几块美丽的小石压在墓上。那墓就在山花盛开的地方,我一翻身,就把些花瓣摇下来,也落在这使者的墓上。

补破衣的老妇人

她坐在檐前,微微的雨丝飘摇下来,多半聚在她脸庞的皱纹上头。她一点儿也不理会,尽管收拾她的筐子。

在她的筐子里有很美丽的零剪绸缎;也有很粗陋的麻头、布尾。她从没有理会雨丝在她头、面、身体之上乱扑;只提防着筐里那些好看的材料沾湿了。

那边来了两个小弟兄。也许他们是学校回来。小弟弟管她叫作"衣服的外科医生";现在见她坐在檐前,就叫了一声。

她抬起头来,望着这两个孩子笑了一笑。那脸上的皱纹虽皱得更厉害,然而生的痛苦可以从那里挤出许多,更能表明她是一个享乐天年的老婆子。

小弟弟说:"医生,你只用筐里的材料在别人的衣服上,怎么自己的衣服却不管了?你看你肩脖补的那一块又该掉下来了。"

老婆子摩一摩自己的肩脖,果然随手取下一块小方布来。她笑着对小弟弟说:"你的眼睛实在精明!我这块原没有用线缝住;因为早晨忙着要出来,只用浆子暂时糊着,盼望晚上回去弥补;不提防雨丝替我揭起来了!……这揭得也不错。我,既如你所说,是一个衣服的外科医生,那么,我是不怕自己的衣服害病的。"

她仍是整理筐里的零剪绸缎,没理会雨丝零落在她身上。

哥哥说:"我看爸爸的手册里夹着许多的零剪文件,

他也是像你一样：不时地翻来翻去。他……"

弟弟插嘴说："他也是另一样的外科医生。"

老婆子把眼光射在他们身上，说："哥儿们，你们说得对了。你们的爸爸爱惜小册里的零碎文件，也和我爱惜筐里的零剪绸缎一般。他凑合多少地方的好意思，等用得着时，就把他们编连起来，成为一种新的理解。所不同的，就是他用的头脑；我用的只是指头便了。你们叫他做……"

说到这里，父亲从里面出来，问起事由，便点头说："老婆子，你的话很中肯。我们所为，原就和你一样，东搜西罗，无非是些绸头、布尾，只配用来补补破衲袄罢了。"

父亲说完，就下了石阶，要在微雨中到葡萄园里，看看他的葡萄长芽了没有。这里孩子们还和老婆子争论着要号他们的爸爸做什么样医生。

桥 边

  我们住的地方就在桃溪溪畔。夹岸遍是桃林;桃实、桃叶映入水中,更显出溪边的静谧。真想不到仓皇出走的人还能享受这明媚的景色!我们日日在林下游玩;有时踱过溪桥,到朋友的蔗园里找新生的甘蔗吃。

  这一天,我们又要到蔗园去,刚踱过桥,便见阿芳——蔗园的小主人——很忧郁地坐在桥下。

  "阿芳哥,起来领我们到你园里去。"他举起头来,

望了我们一眼,也没有说什么。

我哥哥说:"阿芳,你不是说你一到水边就把一切的烦闷都洗掉了吗?你不是说,你是水边的蜻蜓么?你看歇在水荭花上那只蜻蜓比你怎样?"

"不错。然而今天就是我第一次的忧闷。"

我们都下到岸边,围绕住他,要打听这回事。他说:

"方才红儿掉在水里了!"红儿是他的腹婚妻,天天都和他在一块儿玩的。我们听了他这话,都惊讶得很。哥哥说:"那么,你还能在这里闷坐着吗?还不赶紧去叫人来?"

"我一回去,我妈心里的忧郁怕也要一颗一颗地结出来,像桃实一样了。我宁可独自在此忧伤,不忍使我妈妈知道。"

我的哥哥不等说完,一股气就跑到红儿家里。这里阿芳还在皱着眉头,我也眼巴巴地望着他,一声也不响。

"谁掉在水里啦?"

我一听,是红儿的声音,速回头一望,果然哥哥携着红儿来了!她笑眯眯地走到芳哥跟前,芳哥像很惊讶地望着她。很久,他才出声说:"你的话不灵了么?方才我贪着要到水边看看我的影儿,把他搁在树芽上,不留神轻风一摇,把他摇落水里。他随着流水往下流去;我回头要抱他,他已不在了。"

红儿才知道掉在水里的是她所赠与的小囝。她曾对阿芳说那小囝也叫红儿,若是把他丢了,便是丢了她。所以芳哥这么谨慎看护着。

芳哥实在以红儿所说的话是千真万真的,看今天的光景,可就叫他怀疑了。他说:"哦,你的话也是不准的!我这时才知道丢了你的东西不算丢了你,真把你丢了才算。"

我哥哥对红儿说:"无意的话倒能叫人深信,芳哥对你的信念,头一次就在无意中给你打破了。"

红儿也不着急,只优游地说:"信念算什么?要真相知才有用哪。……也好,我借着这个就知道他了。我们还是到蔗园去罢。"

我们一同到蔗园去,芳哥方才的忧郁也和糖汁一同吞下去了。

头　发

　　这村里的大道今天忽然点缀了许多好看的树叶，一直达到村外的麻栗林边。村里的人，男男女女都穿得很整齐，像举行什么大节期一样。但六月间没有重要的节期，婚礼也用不着这么张罗，到的是为甚事？

　　那边的男子们都唱着他们的歌，女子也都和着。我只静静地站在一边看。

　　一队兵押着一个壮年的比丘从大道那头进前。村里的人见他来了,歌唱得更大声。妇人们都把头发披下来,争着跪在道旁,把头发铺在道中;从远一望,直像整匹的黑练摊在那里。那位比丘从容地从众女人的头发上走过;后面的男子们都嚷着:"可赞美的孔雀旗呀!"

他们这一嚷就把我提醒了。这不是倡自治的孟法师入狱的日子吗?我心里这样猜,感到他离村里的大道远了,才转过篱笆的西边。刚一拐弯,便遇着一个少女摩着自己的头发,很懊恼地站在那里。我问她说:"小姑娘,你站在此地,为你们的大师伤心么?"

"固然。但是我还咒诅我的头发为什么偏生短了,不能摊在地上,教大师脚下的尘土留下些少在上头。你说今日村里的众女子,哪一个不比我荣幸呢?"

"这有什么荣幸?若你有心恭敬你的国土和你的大师就够了。"

"咦!静藏在心里的恭敬是不够的。"

"那么,等他出狱的时候,你的头发就够长了。"

女孩子听了,非常喜欢,至于跳起来说:"得先生这一祝福,我的头发在那时定能比别人长些。多谢了!"

她跳着从篱笆对面的流连子园去了。我从西边一直走,到那麻栗林边。那里的土很湿,大师的脚印和兵士的鞋印在上头印得很分明。

疲倦的母亲

那边一个孩子靠近车窗坐着,远水,近水,一幅一幅,次第嵌入窗户,射到他的眼中。他手画着,口中还咿咿哑哑地,唱些没字曲。

在他身边坐着一个中年妇人,低着头瞌睡。孩子转过脸来,摇了她几下,说:"妈妈,你看看,外面那座山很像我家门前的呢。"

母亲举起头来,把眼略睁一睁;没有出声,又支着颐睡去。

过一会,孩子又摇她,说:"妈妈,不要睡罢,看睡出病来了。你且睁一睁眼看看外面八哥和牛打架呢。"

母亲把眼略略睁开,轻轻打了孩子一下;没有做声,又支着头睡去。

孩子鼓着腮,很不高兴。但过一会儿,他又唱起来了。

"妈妈,听我唱歌罢。"孩子对着她说了,又摇她几下。

母亲带着不喜欢的样子说:"你闹什么?我都见过,都听过,都知道了;你不知道我很疲乏,不容我歇一下么?"

孩子说:"我们是一起出来的,怎么我还顶精神,你就疲乏起来?难道大人不如孩子么?"

车还在深林平畴之间穿行着。车中的人,除那孩子和一二个旅客以外,少有不像他母亲那么酣睡的。

乡曲的狂言

在城市住久了,每要害起村庄的相思病来。我喜欢到村庄去,不单是贪玩那不染尘垢的山水;并且爱和村里庶人攀谈。我常想着到村里听庄稼人说两句愚拙的话语,胜过在郡邑里领受那些智者的高谈大论。

这日,我们又跑到村里拜访耕田的隆哥。他是这小村的长者,自己耕着几亩地,还艺一所菜园。他的生活倒是可以羡慕的。他知道我们不愿意在他矮陋的茅屋里，就让我们到篱外的瓜棚底下坐坐。

横空的长虹从前山的凹处吐出来，七色的影印在清潭的水面。我们正凝神看着，蓦然听得隆哥好像对着别人说："冲那边走罢，这里有人。"

"我也是人，为何这里就走不得？"我们转过脸来，那人已站在我们跟前。那人一见我们，应行的礼，他也懂得。我们问过他的姓名，请他坐。隆哥看见这样，也就不作声了。

我们看他不像平常人；但他有什么毛病，我们也无从说起。他对我们说："自从我回来，村里的人不晓得当我作个什么。我想我并没有坏意思，我也不打人，也不叫人吃亏，也不占人便宜，怎么他们就这般地欺负我——连路也不许我走？"

和我同来的朋友问隆哥说："他的职业是什么？"隆哥还没作声，他便说："我有事做，我是有职业的人。"说着，便从口袋里掏出一本小折子来，对我的朋友说："我是做买卖的。我做了许久了，这本折子里所记的账不晓得是人该我的，还是我该人的，我也记不清楚，请你给我看看。"他把折子递给我的朋友，我们一同看，原来是同治年间的废折！我们忍不住大笑起来，隆哥也笑了。

隆哥怕他招笑话，想法子把他哄走。我们问起他的来历，隆哥说他从少在天津做买卖，许久没有消息，前几天刚回来的。我们才知道他是村里新回来的一个狂人。

隆哥说："怎么一个好好的人到城市里就变成一个疯子回来？我听见人家说城里有什么疯人院，是造就这种疯子的。你们住在城里，可知道有没有这回事？"

我回答说："笑话！疯人院是人疯了才到里边去，并不是把好好的人送到那里教疯了放出来的。"

"既然如此，为何他不到疯人院里住，反跑回来，到处骚扰？"

"那我可不知道了。"我回答时，我的朋友同时对他说："我们也是疯人，为何不到疯人院里住？"

隆哥很诧异地问："什么？"

我的朋友对我说："我这话，你说对不对？认真说起来，我们何尝不狂？要是方才那人才不狂呢。我们心里想什么，口又不敢说，手也不敢动，只会装出一副脸孔；倒不如他想说什么便说什么，想做什么就做什么，那分诚实，是我们做不到的。我们若想起我们那些受拘束而显出来的动作，比起他那真诚的自由行动，岂不是我们倒成了狂人？这样看来，我们才疯，他并不疯。"

隆哥不耐烦地说："今天我们都发狂了，说那个干什么？我们谈别的罢。"

瓜棚底下闲谈，不觉把印在水面的长虹惊跑了。隆哥的儿子赶着一对白鹅向潭边来。我的精神又贯注在那纯净的家禽身上。鹅见着水也就发狂了。它们互叫了两声，便拍着翅膀趋入水里，把静明的镜面踏破。

生

我的生活好像一棵龙舌兰,一叶一叶慢慢地长起来。某一片叶在一个时期曾被那美丽的昆虫做过巢穴;某一片叶曾被小鸟们歇在上头歌唱过。现在那些叶子都落掉了!只有瘢楞的痕迹留在干上,人也忘了某叶某叶曾经显过的样子;那些叶子曾经历过的事迹惟有龙舌兰自己可以记忆得来,可是他不能说给别人知道。

我的生活好像我手里这管笛子。它在竹林里长着的时候,许多好鸟歌唱给它听;许多猛兽长啸给它听;甚至天中的风雨雷电都不时教给它发音的方法。

它长大了,一切教师所教的都纳入它的记忆里。然而它身中仍是空空洞洞,没有什么。

做乐器者把它截下来,开几个气孔,搁在唇边一吹,它从前学的都吐露出来了。

我的生活好像一棵龙舌兰，一叶一叶慢慢地长起来。

冷热诸色,在画片上本是一样地好看,一样地当用。不论什么派的画家,有等擅于用热色,喜欢用热色;有等擅于用冷色,喜欢用冷色。设若鉴赏者是喜欢热色的,他自然不能赏识那爱用冷色的画家的作品。(许地山《创作的三宝和鉴赏的四依》)

面 具

　　人面原不如那纸制的面具哟!你看那红的、黑的、白的、青的、喜笑的、悲哀的、目眦怒得欲裂的面容,无论你怎样褒奖,怎样弃嫌,他们一点儿也不改变。红的还是红,白的还是白,目眦欲裂的还是目眦欲裂。

　　人面呢?颜色比那纸制的小玩意儿好而且活动,带着生气。可是你褒奖他的时候,他虽是很高兴,脸上却装出很不愿意的样子;你指摘他的时候,他虽是懊恼,脸上偏要显出勇于纳言的颜色。

　　人面到底是靠不住呀!我们要学面具,但不要戴他,因为面具后头应当让他空着才好。

落花生

  我们屋后有半亩隙地。母亲说:"让他荒芜着怪可惜,既然你们那么爱吃花生,就辟来做花生园罢。"我们几姊弟和几个小丫头都很喜欢——买种的买种,动土的动土,灌园的灌园;过不了几个月,居然收获了!

  妈妈说:"今晚我们可以做一个收获节,也请你们爹爹来尝尝我们的新花生,如何?"我们都答应了。母亲把花生做成好几样的食品,还吩咐这节期要在园里的茅亭举行。

那晚上的天色不大好,可是爹爹也到来,实在很难得!爹爹说:"你们爱吃花生么?"

我们都争着答应:"爱!"

"谁能把花生的好处说出来?"

姊姊说:"花生的气味很美。"

哥哥说:"花生可以制油。"

我说:"无论何等人都可以用贱价买他来吃,都喜欢吃他。这就是他的好处。"

爹爹说:"花生的用处固然很多,但有一样是很可贵的。这小小的豆不像那好看的苹果、桃子、石榴,把他们的果实悬在枝上,鲜红嫩绿的颜色,令人一望而发生羡慕的心。他只把果子埋在地底,等到成熟,才容人把他挖出来。你们偶然看见一棵花生瑟缩地长在地上,不能立刻辨出他有没有果实,非得等到你接触他才能知道。"

我们都说:"是的。"母亲也点点头。爹爹接下去说:"所以你们要像花生,因为他是有用的,不是伟大、

好看的东西。"

我说:"那么,人要做有用的人,不要做伟大、体面的人了。"

爹爹说:"这是我对于你们的希望。"

我们谈到夜阑才散,所有花生食品虽然没有了,然而父亲的话现在还印在我心上。

爱流汐涨

月儿的步履已踏过稌家的东墙了。孩子在院里已等了许久,一看见上半弧的光刚射过墙头,便忙忙跑到屋里叫道:"爹爹,月儿上来了,出来给我燃香罢。"

屋里坐着一个中年的男子,他的心负了无量的愁闷。外面的月亮虽然还像去年那么圆满,那么光明,可是他对于月亮的情绪就大不如去年了。当孩子进来叫他的时候,他就起来,勉强回答说:"宝璜,今晚上不必拜月，我们到院里对着月光吃些果品，回头再出去看看别人的热闹。"

孩子一听见要出去看热闹，更喜得了不得。他说："为什么今晚上不拈香呢？记得从前是妈妈点给我的。"

父亲没有回答他。但孩子的话很多，问得父亲越发伤心了。他对着孩子不甚说话，只有向月不歇地叹息。

"爹爹今晚上不舒服么？为何气喘得那么厉害？"

父亲说："是，我今晚上病了。你不是要出去看热闹么？可以教素云姐带你去，我不能去了。"

素云是一个年长的丫头。主人的心思、性地，她本十分明白，所以家里无论大小事几乎是她一人主持。她带宝璜出门，到河边看看船上和岸上各样的灯色；便中就告诉孩子说："你爹爹今晚不舒服了，我们得早一点儿回去才是。"

孩子说："爹爹白天还好好地，为何晚上就害起病来了？"

"唉，你记不得后天是妈妈的百日吗？"

"什么是妈妈的百日?"

"妈妈死掉,到后天是一百天的工夫。"

孩子实在不能理会那"一百日"的深密意思,素云只得说:"夜深了,咱们回家去罢。"

素云和孩子回来的时候,父亲已经躺在床上,见他们回来,就说:"你们回来了。"她跑到床前回答说:"二舍,我们回来了。晚上大哥儿可以和我同睡,我招呼他,好不好?"

父亲说:"不必,你还是睡你的罢。你把他安置好,就可以去歇息,这里没有什么事。"

这个七岁的孩子就睡在离父亲不远的一张小床上。外头的鼓乐声,和树梢的月影,把孩子翻得不能睡觉。在睡眠的时候,父亲本有命令,不许说话。所以孩子只得默听着,不敢发出什么声音。

乐声远了,在近处的杂响中,最激刺孩子的,就是从父亲那里发出来的啜泣声。在孩子的思想里,大人是不会哭的。所以他很诧异地问:"爹爹,你怕黑么?大猫要来咬你么?你哭什么?"他说着就要起来,妈妈死掉后，到后天是一百天的工夫。

妻呵，若是你底涅槃／还不到"无余"／就请你等等我／我们再商量一个去处／如你还要来这有情世间游戏／我愿你化成男身，我转为女儿／我来生、生生，定为你妻／做你底殷勤"本二"／直服事你／得"阿耨多罗三藐三菩提"（许地山悼念亡妻的诗）

因为他也怕大猫。

父亲阻止他,说:"爹爹今晚上不舒服,没有别的事。不许起来。"

"咦,爹爹明明哭了!我每哭的时候,爹爹说我的声音像河里水声㶉㶉㶉㶉地响;现在爹爹的声音也和那个一样。呀,爹爹,别哭了。爹爹一哭,教宝璜怎能睡觉呢?"

孩子越说越多,弄得父亲的心绪更乱。他不能用什么话来对付孩子,只说:"璜儿,我不是说过,在睡觉时不许说话么?你再说时,爹爹就不疼你了。好好地睡罢。"

孩子只复说一句:"爹爹要哭,教人怎样睡得着呢?"以后他就静默了。

这晚上的催眠歌,就是父亲的抽噎声。不久,孩子也因着这声就发出微细的鼾息;屋里只有些杂响伴着父亲发出哀音。

海世间

我们的人间只有在想象或淡梦中能够实现罢了。一离了人造的上海社会,心里便想到此后我们要脱离等等社会律的桎梏,来享受那乐行忧违的潜龙生活。谁知道一上船,那人造人间所存的受、想、行、识,都跟着我们入了这自然的海洋!这些东西,比我们的行李还多,把这一万二千吨的小船压得两边摇荡。同行的人也知道船载得过重,要想一个好方法,教它的负担减轻一点儿,但谁能有出众的慧思呢?想来想去,只有吐些出来,此外更无何等妙计。

这方法虽是很平常,然而船却轻省得多了。这船原是要到新世界去的哟,可是新世界未必就是自然的人间。在水程中,虽然把衣服脱掉了,跳入海里去学大鱼的游泳,也未必是自然。要是闭眼闷坐着,还可以有一点儿勉强的自在。

船离陆地远了,一切远山疏树尽化行云。割不断的轻烟,缕缕丝丝从烟筒里舒放出来,慢慢地往后延展。故国里,想是有人把这烟揪住罢。不然就是我们之中有些人的离情凝结了,乘着轻烟家去。

呀!他的魂也随着轻烟飞去了!轻烟载不起他,把他摔下来。堕落的人连浪花也要欺负他,将那如弹的水珠一颗颗射在他身上。他几度随着波涛浮沉,气力有点儿不足,眼看要沉没了,幸而得文鳐的哀怜,展开了帆鳍搭救他。

文鳐说:"你这人太笨了,热火燃尽的冷灰,岂能载得你这焰红的情怀?我知道你们船中定有许多多情的人儿,动了乡思。我们一队队跟船走,又飞又泳,指望能为你们服劳,不料你们反拍着掌笑我们,驱逐我们。"

他说:"你的话我们怎能懂得呢?人造的人间的人,只能懂得人造的语言罢了。"

文鳐摇着他口边那两根短须,装作很老成的样子,说:"是谁给你分别的,什么叫人造人间,什么叫自然人间?只有你心里妄生差别便了。我们只有海世间和陆世间的分别,陆世间想你是经历惯的;至于海世间,你只能从想象中理会一点。你们想海里也有女神,五官六感都和你们一样。戴的什么珊瑚、珠贝,披的什么鲛纱、昆布。其实这些东西,在我们这里并非稀奇难得的宝贝。而且一说人的形态便不是神了。我们没有什么神,只有这蔚蓝的盐水是我们生命的根源。可是我们生命所从出的水,于你们反有害处。海水能夺去你们的生命。若说海里有神,你应当崇拜水,毋需再造其他的偶像。"

他听得呆了,双手扶着文鳐的帆鳍,请求他领他到海世间去。文鳐笑了，说："我明说水中你是生活不得的。你不怕丢了你的生命么？"

他说："下去一分时间，想是无妨的。我常想着海神的清洁、温柔、娴雅等等美德；又想着海的花园有许多我不曾见过的生物和景色，恨不得有人领我下去一游。"

文鳐说："没有什么，没有什么，不过是咸而冷的水罢了，海的美丽就是这么简单——冷而咸。你一眼就可以望见了。何必我领你呢？凡美丽的事物，都是这么简单的。你要求它多么繁复、热烈，那就不对了。海世间的生活，你是受不惯的，不如送你回船上去罢。"

那鱼一振鳍，早离了波皋，飞到舷边。他还舍不得回到这真是人造的陆世界来，眼巴巴只怅望着天涯，不信海就是方才所听情况。从他想象里，试要构造些海的世界的光景。他的海中景物真个实现在他梦想中了。

上景山

无论哪一季,登景山,最合宜的时间是在清早或下午三点以后。晴天,眼界可以望朦胧处;雨天,可以欣赏雨脚的长度和电光的迅射;雪天,可以令人咀嚼着无色界的滋味。

在万春亭上坐着,定神看北上门后的马路(从前路在门前,如今路在门后),尽是行人和车马,路边的梓树都已掉了叶子。不错,已经立冬了,今年天气可有点儿怪,到现在还没冻冰。多谢芰荷的业主把残茎都去掉,教我们能看见紫禁城外护城河的水光还在闪烁着。

神武门上是关闭得严严地。最讨厌是楼前那支很长的旗杆,侮辱了全个建筑的庄严。门楼两旁树它一对,不成吗?禁城上时时有人在走着,恐怕都是外国的游人。

皇宫一所一所排列着非常整齐。怎么一个那么不讲纪律的民族,会建筑这么严肃的宫廷?我对着一片黄瓦这样想着。不,说不讲纪律未免有点儿过火,我们可以说这民族是把旧的纪律忘掉,正在找一个新的咧。新的找不着,终究还要回来的。北京房子,皇宫也算在里头,主要的建筑都是向南的,谁也没有这样强迫过建筑者,说非这样修不可。但纪律因为利益所在,在不言中被遵守了。夏天受着解愠的熏风,冬天接着可爱的暖日,只要守着盖房子的法则,这利益是不用争而自来的。所以我们要问,在我们的政治社会里有这样的熏风和暖日吗?

最初在崖壁上写大字铭功的是强盗的老师，我眼睛看着神武门上的几个大字，心里想着李斯。皇帝也是强盗一种，是个白痴强盗。他抢了天下，把自己监禁在宫中，把一切宝物聚在身边，以为他是富有天下。这样一代过一代，到头来还是被他的糊涂奴仆，或贪婪臣宰，讨、瞒、偷、换，到连性命也不定保得住。这岂不是个白痴强盗？在白痴强盗底下才会产出大盗和小偷来。一个小偷，多少总要有一点儿跳女墙钻狗洞的本领，有他的禁忌，有他的信仰和道德。大盗只会利用他的奴性去请托攀缘，自赞赞他，禁忌固然没有，道德更不必提。谁也不能不承认盗贼是寄生人类的一种，但最可杀的是那班为大盗之一的斯文贼。他们不像小偷为延命去营鼠地生活；也不像一般的大盗，凭着自己的勇敢去抢天下。所以明火打劫的强盗最恨的是斯文贼。这里我又联想到张献忠。有一次他开科取士，檄诸州举贡生员后至者妻女充院，本犯剥皮，有司教官斩，连坐十家。诸生到时，他要他们在一丈见方的大黄旗上写个帅字，字画要像斗的粗大，还要一笔写成。一个生员王志道缚草为笔，用大缸贮墨汁将草笔泡在缸里，三天，再取出来写。果然一笔写成了。他以为可以讨献忠的喜欢，谁知献忠说："他日图我必定是你。"立即把他杀来祭旗。献忠对待念书人是多么痛快。他知道他们是寄生的寄生。他的使命是来杀他们。

东城西城的天空中，时见一群一群旋飞的鸽子。除去打麻雀，逛窑子，上酒楼以外，这也是一种古典的娱乐。这种娱乐也来得群众化一点儿。它能在空中发出和悦的响声。翩翩地飞绕着，叫人觉得在一个灰白色的冷天，满天乱飞乱叫的老鸹的讨厌。然而在刮大风的时候，若是你有勇气上景山的最高处，看看天安门楼屋脊上的鸦群，噪叫的声音是听不见，它们随风飞扬，直像从什么大树飘下来的败叶，凌乱得有意思。

万春亭周围被挖得东一沟，西一窟。据说是管官的当局挖来试看煤山是不是个大煤堆，像历来的传说所传的，我心里暗笑信这说的人们。是不是因为北宋亡国的时候，都人在城被围时，拆毁艮岳的建筑木材去充柴火。所以计划建筑北京的人预先堆起一大堆煤，万一都城被围的时候，人民可以不拆宫殿。这是笨想头。若是我来计划，最好来一个米山。米在万急的时候，也可以生吃，煤可无论如何吃不得。又有人说景山是太行的最终一峰。这也是瞎说。从西山往东几十里平原，可怎么不偏不颇，在北京城当中出了一座景山？若说北京的建设就是对着景山的子午，为什么不对北海的琼岛？我想景山明是开紫禁城外的护城河所积的土，琼岛也是垒积从北海挖出来的土而成的。

从亭后的桔树缝里远远看见鼓楼。地安门前后的大街，人马默默地走，城市的喧嚣声，一点儿也听不见。鼓楼是不让像阳门那样雄壮地挺着。它的名字，改了又改，一会儿是明耻楼，一会儿又是齐政楼，现在大概又是明耻楼吧。明耻不难，雪耻得努力。只怕市民能明白那耻的还不多，想来是多么可怜。记得前几年"三民主义""帝国主义"这套名词随着北伐军到北平的时候，市民看些篆字标语，好像都明白各人蒙亭里残破的古佛还坐着结那没人能懂的手印。

许地山一生与宗教结缘,他身为基督教徒,同时研学佛、道、梵文等,成就不凡,撰有《宗教的生长与灭亡》《道教史》等;他笔下常常直接引用宗教的名句、典故等等,可以清晰地感觉到他对各种宗教所心存的宽容、理解和尊重。

着无上的耻辱,而这耻辱是由于帝国主义的压迫。所以大家也随声附和,唱着打倒和推翻。

从山上下来,崇祯殉国的地方依然是那棵半死的槐树。据说树上原有一条链子锁着,庚子联军入京以后就不见了。现在那枯槁的部分,还有一个大洞,当时的链痕还隐约可以看见。义和团运动的结果,从解放这棵树,发展到解放这民族。这是一件多么可以发人深思的对象呢?山后的柏树发出清恬的香气,好像是对于这地方的永远供物。

寿皇殿锁闭得严严地,因为谁也不愿意努尔哈赤的种类再做白痴的梦。每年的祭祀不举行了,庄严的神乐再也不能听见,只有从乡间进城来唱秧歌的孩子们,在墙外打的锣鼓,有时还可以送到殿前。

到景山门,回头仰望顶上方才所坐的地方,人都下来了。树上几只很面熟却不认得的鸟在叫着。亭里残破的古佛还坐着结那没人能懂的手印。

先农坛

曾经一度繁华过的香厂,现在剩下些破烂不堪的房子,偶尔经过,只见大兵们在广场上练国技。望南再走,排地摊的犹如往日,只是好东西越来越少,到处都看见外国来的空酒瓶、香水樽、胭脂盒,乃至簇新的东洋瓷器,沽衣摊上的不入时的衣服,"一块八""两块四"叫卖的伙计连翻带地兜揽,买主没有,看主却是很多。

在一条凹凸得格别的马路上走，不觉进了先农坛的地界。从前在坛里唯一新建筑——"四面钟"，如今只剩一座空洞的高台，四围的柏树早已变成富人们的棺材或家私了。东边一座礼拜寺是新的。球场上还有人在那里练习。绵羊三五群，遍地披着枯黄的草根。风稍微一动，尘土便随着飞起，可惜颜色太坏，若是雪白或朱红，岂不是很好的国货化妆材料？

到坛北门，照例买票进去。古柏依旧，茶座全空。大兵们住在大殿里，很好看的门窗，都被拆作柴火烧了。希望北平市游览区划定以后，可以有一笔大款来修理。北平的旧建筑，渐次少了，房主不断地卖折货。像最近的定王府，原是明朝胡大海的府邸，论起建筑的年代足有五百多年。假若政府有心保存北平古物，决不至于让市民随意拆毁。拆一间是少一间。现在坛里，大兵拆起公有建筑来了。爱国得先从爱惜公共的产业做起，得先从爱惜历史的陈迹做起。

观耕台上坐着一男二女，正在密谈，心情的热真能抵御环境的冷。桃树柳树都脱掉叶衣，做三冬的长

眠，风摇鸟唤，都不听见。雩坛边的鹿，伶俐的眼睛瞭望着过路的人。游客本来有三两个，它们见了格外相亲。在那么空旷的园囿，本不必拦着它们，只要四围开上七八尺深的沟，斜削沟的里壁，使当中成一个圆丘，鹿放在当中，虽没遮栏也跳不上来。这样，园景必定优美得多。星云坛比岳渎坛更破烂不堪。干篙败艾，满布在砖缝瓦罅之间，拂人衣裾，便发出一种清越的香味。老松在夕阳底下默然站着。人说它像盘旋的虬龙，我说它像开屏的孔雀，一颗一颗的松球，衬着暗绿的针叶，远望着更像得很。松是中国人的理想性格，画家没有不喜欢画它的。孔子说它后凋还是屈了它，应当说它不凋才对。英国人对于橡树的情感就和中国对于松树的一样。中国人爱松并不尽是因为它长寿，乃是因它当飘风飞雪的时节能够站得住，生机不断，可发荣的时间一要，便又青绿起来。人对着松树是不会失望的，它能给人一种兴奋，虽然树上留着许多枯枝丫，看来越发增加它的壮美。就是枯死，也不像别的树木等闲地倒下来。千年百年是那么立着，藤萝缠它，薜荔粘它，都不怕，反而使它更优越更秀丽，古人说松籁好听得像龙吟。龙吟我们没有听过，可是它所发出的逸韵，真能使人忘掉名利，动出生的想头。可是要记得这样的声音，决不是一寸一尺的小松所能发出，非要经得百千年的磨炼，受过风霜或者吃过斧斤的亏，能够立得定以后，是做不到的。所以当年壮的时候，应学松柏的抵抗力、忍耐力和增进力；到年衰的时候，也不妨送出清越的籁。

对着松树坐了半天。金黄色的霞光已经收了，不免离开零坛直出大门。门外前几年挖的战壕，还没填满。羊群领着我向着归路。道边放着一担菊花，卖花人站在一家门口与那淡妆的女郎讲价，不提防担里的黄花教羊吃了几棵。那人索性将两棵带泥丸的菊花向羊群猛掷过去，口里骂"你等死的羊孙子！"可也没奈何。吃剩的花散布在道上，也叫车轮碾碎了。

忆卢沟桥

记得离北平以前,最后到卢沟桥,是在二十二年的春天。我与同事刘兆蕙先生在一个清早由广安门顺着大道步行,经过大井村,已是十点多钟。参拜了义井庵的千手观音,就在大悲阁外少憩。那菩萨像有三丈多高,是金铜铸成的,体相还好,不过屋宇倾颓,香烟零落,也许是因为求愿的人们发生了求财赔本、求子丧妻的事情吧。这次的出游本是为访求另一尊铜佛而来的。我听见从宛平城来的人告诉我那城附近有所古庙塌了,其中许多金铜佛像,年代都是很古的。为知识上的兴趣,不得不去采访一下。大井村的千手观音是有著录的,所以也顺便去看看。

出大井村,在官道上,巍然立着一座牌坊,是乾隆四十年建的。坊东面额书"经环同轨",西面是"荡平归极"。建坊的原意不得而知,将来能够用来做凯旋门那就最合宜不过了。

春天的燕郊,若没有大风,就很可以使人流连。树干上或土墙边蜗牛在画着银色的涎路。它们慢慢移动,像不知道它们的小介壳以外还有什么宇宙似的。柳塘边的雏鸭披着淡黄色的毧毛,映着嫩绿的新叶;游泳时,微波随蹼翻起,泛成一弯一弯动着的曲纹,这都是生趣的示现。走乏了,且在路边的墓园少住一回。刘先生站在一座很美丽的窣堵坡上,要我给他拍照。在榆树荫覆之下,我们没感到路上太阳的酷烈。寂静的墓园里,虽没有什么名花,野卉倒也长得顶得意地。忙碌的蜜蜂,两只小腿粘着些少花粉,还在采集着。蚂蚁为争一条烂残的蚱蜢腿,在枯藤的根本上争斗着。落网的小蝶,一片翅膀已失掉效用,还在挣扎着。这也是生趣的示现,不过意味有点不同罢了。

闲谈着,已见日丽中天,前面宛平城也在域之内了。宛平城在卢沟桥北,建于明崇祯十年,名叫"拱北城",周围不及二里,只有两个城门,北门是顺治门,南门是永昌门。清改拱北为拱极,永昌门为威严门。南门外便是卢沟桥。拱北城本来不是县城,前几年因为北平改市,县衙才移到那里去,所以规模极其简陋。从前它是个卫城,有武官常驻镇守着,一直到现在,还是一个很重要的军事地点。我们随着骆驼队进了顺治门,在前面不远,便见了永昌门。大街一条,两边多是荒地。我们到预定的地点去探访,果见一个庞大的铜佛头和些铜像残体横陈在县立学校里的地上。拱北城内原有观音庵与兴隆寺,兴隆寺内还有许多已无可考的广慈寺的遗物,那些铜像究竟是属于哪寺的也无从知道。我们摩挲了一回,才到卢沟桥头的一家饭店午膳。

自从宛平县署移到拱北城,卢沟桥便成为县城的繁要街市。桥北的商店民居很多,还保存着从前中原数省入京孔道的规模。桥上的碑亭虽然朽坏,还矗立着。自从历年的内战,卢沟桥更成为戎马往来的要冲,加上长辛店战役的印象,使附近的居民都知道近代战争的大概情形,连小孩也知道飞机、大炮、机关枪都是做什么用的。到处墙上虽然有标语贴着的痕迹,而在色与量上可不能与卖药的广告相比。推开窗户,看着永定河的浊水穿过疏林,向东南流去,想起陈高的诗:"卢沟桥西车马多,山头白日照清波。毡卢亦有江南妇,愁听金人出塞歌。"清波不见,浑水成潮,是记述与事实的相差,抑昔日与今时的不同,就不得而知了。但想象当日桥下雅集亭的风景,以及金人所掠江南妇女,经过此地的情形,感慨便不能不触发了。

从卢沟桥上经过的可悲可恨可歌可泣的事迹,岂止被金人所掠的江南妇女那一件?可惜桥栏上蹲着的石狮子个个只会张牙裂眦结舌无言,以致许多可以稍留印迹的史实,若不随蹄尘飞散,也教轮辐压碎了。我又想着天下最有功德的是桥梁。它把天然的阻隔联络起来。它从这岸渡引人们到那岸。在桥上走过的是好是歹,于它本来无关,何况在上面走的不过是长途中的一小段,它哪能知道何者是可悲可恨可泣呢?它不必记历史,反而是历史记着它。卢沟桥本名广利桥,是金大定二十七年始建,至明昌二年(公元一一八九至一一九二年)修成的。它拥有世界的声名是因为曾入马哥博罗的记述。马哥博罗记作"普利桑乾",而欧洲人都称它作"马哥博罗桥",倒失掉记者赞叹桑乾河上一道大桥的原意了。中国人是擅于修造石桥的,在建筑上只有桥与塔可以保留得较为长久。中国的大石桥每能使人叹为鬼役神工,卢沟桥的伟大与那有名的泉州洛阳桥和漳州虎渡桥有点不同。论工程,它没有这两道桥的宏伟,然而在史迹上,它是多次系着民族安危。纵使你把桥拆掉,卢沟桥的神影是永不会被中国人忘记的。这个在"七七"事件发生以后,更使人觉得是如此。当时我只想着日军许会从古北口入北平，由北平越过这道名桥侵入中原，决想不到火头就会在我那时所站的地方发出来。

在饭店里，随便吃些烧饼就出来，在桥上张望。铁路桥在远处平行地架着。驮煤的骆驼队随着铃铛的音节整齐地在桥上迈步。小商人与农民在雕栏下作交易上很有礼貌的计较。妇女们在桥下浣衣，乐融融地交谈。人们虽不理会国势的严重，可是从军队里宣传员口里也知道强敌已在门口。我们本不为做间谍去的，因为在桥上向路人多问了些话，便叫警官注意起来，我们也自好笑。我是为当事官吏的注意而高兴，觉得他们时刻在提防着，警备着。过了桥，便望见实柘山，苍翠的山色，指示着日斜多了几度。在砾原上流连片时，暂觉晚风拂衣，若不回转，就得住店了。"卢沟晓月"是有名的。为领略这美景，到店里住一宿，本来也值得，不过我对于晓风残月一类的景物素来不大喜爱，我爱月在黑夜里所显的光明。晓月只有垂死的光，想来是很凄凉的，还是回家吧。

我们不从原路去，就在拱北城外分道。刘先生沿着旧河床，向北回海甸去。我捡了几块石头，向着八里庄那条路走。进到阜城门，望见北海的白塔已经成为一个剪影贴在洒银的暗蓝纸上。

我的童年

小时候的事情是很值得自己回想的。父母的爱固然是一件永远不能再得的宝贝,但自己的幼年的幻想与情绪也像凝辍的孤云随着旭日升起以后,飞到天顶,便渐次地消失了。现在所留的不过是强烈的后像,以相反的色调在心头映射着。

出世后几年间是无知的时期,所能记的只是从家长们听得关于自己的零碎事情,虽然没什么趣味,却不妨纪纪实。在公元一八九三年二月十四日,正当光绪十九年十二月二十八的上午丑时,我生于台湾台南府城延平郡王祠边的窥园里。这园是我祖父置的。出门不远,有一座马伏波祠,本地人称为马公庙,称我们的家为马公庙许厝。我的乳母求官是一个佃户的妻子,她很小心地照顾我。据母亲说,她老不肯放我下地,一直到我会在桌上走两步的时候,她才惊讶地嚷出来:"丑官会走了!"叔丑是我的小名,因为我是丑时生的。母亲姓吴,兄弟们都称她叫"妪",是我们几兄弟跟着大哥这样叫的。乡人称母亲为"阿姐""阿姨""乃娘",却没有称"妪"的,家里叔伯兄弟们称呼他们的母亲,也不是这样。所以"妪"是我们几兄弟对母亲所用的专名。

妪生我的时候是三十多岁,她说我小的时候,皮肤白得像那刚蜕皮的小螳螂一般。这也许不是赞我,或者是由乳母不让我出外晒太阳的缘故。老家的光景,我一点儿印象也没有。在我还不到一周年的时候,中日战争便起来了。台湾的割让,迫着我全家在一八九六年离开乡里。妪在我幼年时常对我说当时出走的情形，我现在只记得几件有点意思的，一件是她在要安平上船以前，到关帝庙去求签，问问台湾要到几时才归中国。签诗回答她的大意说，中国是像一株枯杨，要等到它的根上再发新芽的时候才有希望。深信着台湾若不归还中国，她定是不能再见到家门的。但她永远不了解枯树上发新枝是指什么，这谜到她去世时还在猜着。她自逃出来以后就没有回去过。第二件可纪念的事，是她在猪圈里养了一只"天公猪"，临出门的时候，她到栏外去看它，流着泪对它说："公猪，你没有福分上天公坛了，再见吧。"那猪也像流着泪，用那断藕般的鼻子嗅着她的手，低声呜呜地叫着。台湾的风俗男子生到十三四岁的年纪，家人必得为他抱一只小公猪来养着，等到十六岁上元日，把它宰来祭上帝。所以管它叫"天公猪"，公猪由主妇亲自豢养的，三四年之中，不能叫它生气、吃惊、害病等。食料得用好的，绝不能把污秽的东西给它吃，也不能放它出去游荡像平常的猪一般。更不能容它与母猪在一起。换句话，它是一只预备做牺牲的圣畜。我们家那只公猪是为大哥养的。他那年已过了十三岁。她每天亲自养它，已经快到一年了。公猪看见她到栏外格外显出亲切的情谊。她说的话，也许它能理会几分。我们到汕头三个月以后，得着看家的来信，说那公猪自从她去后，就不大肯吃东西，渐渐地瘦了，不到半年公猪竟然死了。她到十年以后还在想念着它。她叹息公猪没福分上天公坛，大哥没福分用一只自豢的圣畜。故乡的风俗男子生后三日剃胎发，必在囟门上留一撮，名叫"囟鬃"。长了许剪不许剃，必得到了十六岁的上元日设坛散礼玉皇上帝及天宫，在神前剃下来，用红线包起，放在香炉前和公猪一起供着，这是古代冠礼的遗意。

还有一件是呕养的一双绒毛鸡。广东叫作竹丝鸡，很能下蛋。她打了一双金耳环戴在它的碧色的小耳朵上。临出门的时候，她叫看家好好地保护它。到了汕头之后，又听见家里出来的人说，父亲常骑的那匹马被日本人牵去了。日本人把它上了铁蹄。它受不了，不久也死了。父亲没与我们同走。他带着国防兵在山里，刘永福又要他去守安平。那时民主国的大势已去，在台南的刘永福，也没有什么办法，只好预备走。但他又不许人多带金银，在城门口有他的兵搜查"走反"的人民。乡人对于任何变化都叫作"反"。反朱一贵、反戴万生、反法兰西，都曾大规模逃走到别处去。乙未年的"走日本反"恐怕是最大的"走"了。妪说我们出城时也受过严密的检查。因为走得太仓促，现银预备不出来。所带的只有十几条纹银，那还是到大姑母的金铺现兑的。全家人到城门口，已是拥挤得很。当日出城的有大伯父一支五口，四婶一支四口，妪和我们姊弟六口，还有杨表哥一家，和我们几兄弟的乳母及家丁七八口，一共二十多人。先坐牛车到南门外自己的田庄里过一宿，第二天才出安平乘竹筏上轮船到汕头去。妪说我当时只穿着一套夏布衣服；家里的人穿的都是夏天衣服，所以一到汕头不久，很费了事为大家做衣服。我到现在还仿佛地记忆着我是被人抱着在街上走，看见满街上人拥挤得很，这是我最初印在我脑子里的经验。自然当时不知道是什么，依通常计算虽叫作三岁，其实只有十八个月左右。一切都是很模糊的。

我家原是从揭阳移居于台湾的。因为年代远久，族谱里的世系对不上，一时不能归宗。爹的行止还没一定，所以暂时寄住在本家的祠堂里。主人是许子荣先生与子明先生二位昆季，我们称呼子荣为太公，子明为三爷。他们二位是爹的早年的盟兄弟。祠堂在桃都的围村，地方很宏敞。我们一家都住得很舒适。太公的二少爷是个秀才，我们称他为杞南兄，大少爷在广州经商，我们称他作梅坡哥。祠堂的右边是杞南兄住着，我们住在左边的一段。妪与我们几兄弟住在一间房。对面是四婶和她的子女住。隔一个天井，是大伯父一家住。大哥与伯父的儿子辛哥住伯父的对面房。当中各隔着一间厅。大伯的姨太清姨和逊姨住左厢房，杨表哥住外厢房，其余乳母工人都在厅上打铺睡。这样算是在一个小小的地方安顿了一家子。

祠堂前头有一条溪，溪边有蔗园一大区，我们几个小弟兄常常跑到园里去捉迷藏；可是大人们怕里头有蛇，常常不许我们去。离蔗园不远的地方还有一区果园，我还记得柚子树很多。到开花的时候，一阵阵的清香叫人闻到觉得非常愉快；这气味好像现在还有留着。那也许是我第一次自觉在树林里遨游。在花香与蜂闹的树下，在地上玩泥土，玩了大半天才被人叫回家去。

  妪是不喜欢我们到祠堂外去的，她不许我们到水边玩，怕掉在水里；不许到果园里去，怕糟蹋人家的花果；又不许到蔗园去，怕被蛇咬了。离祠堂不远通到村市的那道桥，非有人领着，是绝对不许去的。若犯了她的命令，除掉打一顿之外，就得受缔佛的刑罚。缔佛是从乡人迎神赛会时把偶像缔结在神舆上以防倾倒的意义得来的，我与叔庚被缔的时候次数最多，几乎没有一天不"缔"整个下午。

牛津的书虫

牛津实在是学者的学国,我在此地两年的生活尽用于波德林图书馆、印度学院、阿克关屋(社会人类学讲室)及曼斯斐尔学院中,竟不觉归期已近。

同学们每叫我作"书虫",定蜀尝鄙夷地说我于每谈论中,不上三句话,便要引经据典,"真正死路"!刘锴说:"你成日读书,睇读死你噪呀!"书虫诚然是无用的东西,但读书读到死,是我所乐为。假使我书虫诚然是无用的东西,但读书读到死,是我所乐为。

许地山是少有的博学多才的文学家。1917年考入燕京大学文学院,得文学士学位后再入宗教学院,得神学士学位。1920年毕业留校任教。1923年赴美入哥伦比亚大学,次年转英国牛津大学。广涉宗教、哲学、人类、民俗等学问,熟通梵文、希腊、金文、甲骨诸文字。

的财力、事业能够容允我，我诚愿在牛津做一辈子的书虫。

我在幼时已决心为书虫生活。自破笔受业直到如今，二十五年间未尝变志。但是要做书虫，在现在的世界本不容易。须要具足五种条件才可以。五件者：第一要身体康健；第二要家道丰裕；第三要事业清闲；第四要志趣淡薄；第五要宿慧超越。我于此五件，一无所有！故我以十年之功只当他人一夕之业。于诸学问、途径还未看得清楚，何敢希望登堂入室？但我并不因我的资质与境遇而灰心，我还是抱着读得一日便得一日之益的心志。

为学有三条路向：一是深思，二是多闻，三是能干。第一途是做成思想家的路向；第二是学者；第三是事业家。这三种人同是为学，而其对于同一对象的理解则不一致。譬如有人在居庸关下偶然捡起一块石头，一个思想家要想它怎样会在那里，怎样被人捡起来，和它的存在的意义。若是一个地质学者，他对于那石头便从地质方面原原本本地说。若是一个历史学者，他便要探求那石与过去史实有无的关系。若是一个事业家，他只想着要怎样利用那石而已。三途之中，以多闻为本。我邦先贤教人以"博闻强记"，及教人"不学而好思，虽知不广"的话，真可谓能得为学的正谊。但在现在的世界，能专一途的很少。因为生活上等等的压迫，及种种知识上的需要，使人难为纯粹的思想家或事业家。假使苏格拉底生于今日的希拉，他难免也要写几篇关于近东问题的论文投到报馆里去卖几个钱。他也得懂得一点儿汽车、无线电的使用方法。也许他会把钱财存在银行里。这并不是因为"人心不古"，乃是因为人事不古。近代人需要等等知识为生活的资助，大势所趋，必不能在短期间产生纯粹的或深邃的专家。故为学要先多能，然后专政，庶几可以自存，可以有所供献。吾人生于今日，对于学问，专既难能，博又不易，所以应于上列"三途"中至少要兼"二程"。兼多闻与深思者为文学家，兼多闻与能干的为科学家。就是说一个人具有学者与思想家的才能，便是文学家；具有学者与专业家的功能的，便是科学家。文学家与科学家同要具学者的资格,所不同者,一是偏于理解,一是偏于作用;一是修文,一是格物(自然我所用科学家与文学家的名字是广义的)。进一步说,舍多闻既不能有深思,亦不能生能干,所以多闻是为学根本。多闻多见为学者应有的事情,如人能够做到,才算得过着书虫的生活。当彷徨于学问的歧途时,若不能早自决断该向哪一条路走去,他的学业必致如荒漠的沙粒,既不能长育生灵,又不堪制作器用。即使他能下笔千言,必无一字可取。纵使他能临事多谋,必无一策能成。我邦学者,每不擅于过书虫生活,在歧途上既不能慎自抉择,复不虚心求教;过得去时,便充名士;过不去时,就变劣绅,所以我觉得留学而学普通知识,是一个民族最羞耻的事情。

我每觉得我们中间真正的书虫太少了。这是因为我们当学生的多半穷乏,急于谋生,不能具足上说五种求学条件所致。从前生活简单,旧式书院未变学堂的时代,还可以希望从领膏火费的生员中造成一二。至于今日的官费生或公费生,多半是虚掷时间和金钱的。这样的光景在留学界中更为显然。

牛津的书虫很多,各人都能利用他的机会去钻研。对于有学无财的人,各学院尽予津贴,未卒业者为"津贴生",已卒业者为"特待校友",特待校友中有一辈以读书为职业的。要有这样的待遇,然后可产出高等学者。在今日的中国要靠著作度日是绝对不可能的,因社会程度过低,还养不起著作家。……所以著作家的生活与地位在他国是了不得,在我国是不得了!著作家还养不起,何况能养在大学里以读书为生的书虫?这也许就是中国的"知识阶级"不打而自倒的原因。

桃金娘

桃金娘是一种常绿灌木,粤、闽山野很多,叶对生,夏天开淡红色的花,很好看的,花后结圆形像石榴的紫色果实。有一个别名广东土话叫作"冈拈子",夏秋之间结子像小石榴,色碧绎,汁紫,味甘,牧童常摘来吃,市上却很少见,还有常见的蒲桃及连雾(土名鬼蒲桃),也是桃金娘科的植物。

一个人没有了母亲是多么可悲呢!我们常看见幼

年的孤儿所遇到的不幸,心里就会觉得在母亲的庇荫底下是很大的一份福气。我现在要讲从前一个孤女怎样应付她的命运的故事。

在福建南部,古时都是所谓"洞蛮"住着的。他们的村落是依着山洞建筑起来,最著名的有十八个洞。酋长就住在洞里,称为洞主。其余的人们搭茅屋围着洞口,俨然是聚族而居的小民族。十八洞之外有一个叫作仙桃洞,出的好蜜桃,民众都以种桃为业,拿桃实和别洞的人们交易,生活倒是很顺利的。洞民中间有一家,男子都不在了,只剩下一个姑母一个小女儿金娘。她生下来不到两个月,父母在桃林里被雷劈死了。迷信的洞民以为这是他们二人犯了什么天条,连他们的遗孤也被看为不祥的人。所以金娘在社会里是没人敢与她来往的。虽然她长得绝世美丽,村里的大歌舞会她总不敢参加,怕人家嫌恶她。

她有她自己的生活,她也不怨恨人家,每天帮着姑母做些纺织之外,有工夫就到山上去找好看的昆虫和花草。有时人看见她戴得满头花,便笑她是个疯女

子,但她也不在意。她把花草和昆虫带回茅寮里,并不是为玩,乃是要辨认各样的形状和颜色,好照样在布匹上织上花纹。她是一个多么聪明的女子呢!姑母本来也是很厌恶她的,从小就骂她,打她,说她不晓得是什么妖精下凡,把父母的命都送掉。但自金娘长大之后,会到山上去采取织纹的样本,使她家的出品受洞人们的喜欢,大家拿很贵重的东西来互相交易,她对侄女的态度变好了些,不过打骂还是不时会有的。

因为金娘家所织的布花样都是日新月异的,许多人不知不觉地就忘了她是他们认为不祥的女儿,在山上常听见男子的歌声,唱出的下的辞句:

> 你去爱银姑,
> 我却爱金娘。
> 银姑歌舞虽漂亮,
> 不如金娘衣服好花样。
> 歌舞有时歇,
> 花样永在衣裳上。

> 你去爱银姑,
> 我来爱金娘,
> 我要金娘给我做的好衣裳。

银姑是谁?说来是很有势力的,她是洞主的女儿,谁与她结婚,谁就是未来的洞主。所以银姑在社会里,谁都得巴结她。因为洞主的女儿用不着十分劳动,天天把光阴消磨在歌舞上,难怪她舞得比谁都好。她可以用歌舞叫很悲伤的人快乐起来,但是那种快乐是不恒久的,歌舞一歇,悲伤又走回来了。银姑只听见人家赞她的话,现在来了一个艺术的敌人,不由得嫉妒心发作起来,在洞主面前说金娘是个狐媚子,专用颜色来蛊惑男人。洞主果然把金娘的姑母叫来,问她怎样织成蛊惑男人的布匹,她一定是使上巫术在所织的布上了,必要老姑母立刻把金娘赶走,若是不依,连她也得走。姑母不忍心把这消息告诉金娘,但她已经知道她的意思了。

她说:"姑妈,你别瞒我,洞主不要我在这里,是不是?"

姑母没作声,只看着她还没织成的一匹布滴泪。

"姑妈,你别伤心,我知道我可以到一个地方去,你照样可以织好看的布。你知道我不会用巫术,我只用我的手艺。你如要看我的时候,可以到那山上向着这种花叫我,我就会来与你相见的。"金娘说着,从头上摘下一枝淡红色的花递给她的姑母,又指点了那山的方向,什么都不带就望外走。

"金娘,你要到哪里去,也得告诉我一个方向,我可以找你去。"姑母追出来这样对她说。

"我已经告诉你了,你到那山上,见有这样花的地方,只要你一叫金娘,我就会到你面前来。"她说着,很快地就向树林里消逝了。

原来金娘很熟悉山间的地理,她知道在很多淡红花的所在有许多野果可以充饥。在那里,她早已发现了一个仅可容人的小洞,洞里的垫褥都是她自己手织的顶美的花布。她常在那里歇息,可是一向没人知道。

村里的人过了好几天才发现金娘不见了,他们打

听出来是因为一首歌激怒了银姑,就把金娘撵了。于是大家又唱起来:

> 谁都恨银姑,
> 谁都爱金娘。
> 银姑虽然会撒谎,
> 不能涂掉金娘的花样。
> 撒谎涂污了自己,
> 花纹还留衣裳上。
> 谁都恨银姑,
> 谁都想金娘,
> 金娘回来,给我再做好衣裳。

银姑听了满山的歌声都是怨她的辞句,可是金娘已不在面前,也发作不了。那里的风俗是不能禁止人唱歌的。唱歌是民意的表示,洞主也很诧异为什么群众喜欢金娘。有一天,他召集族中的长老来问金娘的好处。长老们都说她是一个顶聪明勤劳的女子,人品也好，所差的就是她是被雷劈的人的女儿；村里有一个这样的人，是会起纷争的。看现在谁都爱她，将来难保大家不为她争斗，所以把她撵走也是一个办法。洞主这才放了心。

天不作美，一连有好几十天的大风雨，天天有雷声绕着桃林。这教村里人个个担忧，因为桃子是他们唯一的资源。假如桃树叫风拔掉或叫水冲掉，全村的人是要饿死的。但是村人不去防卫桃树，却忙着把金娘所织的衣服藏在安全的地方。洞主问他们为什么看金娘所织的衣服比桃树重。他们就唱说：

桃树死掉成枯枝，
金娘织造世所稀。
桃树年年都能种，
金娘去向无人知。

洞主想着这些人们那么喜欢金娘，必得要把他们的态度改变过来才好。于是他就和他的女儿银姑商量，说："你有方法教人们再喜欢你么？"

银姑唯一的本领就是歌舞,但在大雨滂沱的时候,任她的歌声嘹亮也敌不过雷音泉响;任她的舞态轻盈,也踏不了泥淖砾场。她想了一个主意,走到金娘的姑母家,问她金娘的住处。

"我不知道她住在哪里,可是我可以见着她。"姑母这样说。

"你怎样能见着她呢?你可以教她回来么?"

"为什么又要她回来呢?"姑母问。

"我近来也想学织布,想同她学习学习。"

姑母听见银姑的话就很喜欢地说:"我就去找她。"说着披起蓑衣就出门。银姑要跟着她去,但她阻止她说:"你不能跟我去,因为她除我以外,不肯见别人。若是有人同我去,她就不出来了。"

银姑只好由她自己去了。她到山上,摇着那红花,叫:"金娘,你在哪里?姑妈来了。"

金娘果然从小林中踏出来,姑母告诉她银姑怎样要跟她学织纹。她说:"你教她就成了,我也没有别的巧妙,只留神草树的花叶,禽兽的羽毛,和到山里找寻染色的材料而已。"

姑母说:"自从你不在家,我的染料也用完了,怎样染也染不出你所染的颜色来。你还是回家把村里的个个女孩子都教会了你的手艺罢。"

"洞主怎样呢?"

"洞主的女儿来找我,我想不至于难为我们罢。"

金娘说:"最好是叫银姑在这山下搭一所机房,她如诚心求教,就到那里去,我可以把一切的经验都告诉她。"

姑母回来,把金娘的话对银姑说。银姑就去求洞主派人到山下去搭棚。众人一听见是为银姑搭的,以为是为她的歌舞,都不肯去做,这教银姑更嫉妒。她当着众人说:"这是为金娘搭的。她要回来把全洞的女孩子都教会了织造好看的花纹。你们若不信,可以问问她的姑母去。"

大家一听金娘要回来,好像吃了什么兴奋药,都争前恐后地搭竹架子,把各家存着的茅草搬出来。不到两天工夫,在阴晴不定的气候中把机房盖好了,一时全村的女儿都齐集在棚里,把织机都搬到那里去,等着金娘回来教导她们。

金娘在众人企望的热情中出现了,她披着一件带宝光的蓑衣,戴的一顶篛笠,是她在小洞里自己用细树皮和竹篛交织成的,众男子站在道旁争着唱欢迎她的歌:

> *大雨淋不着金娘的头;*
> *大风飘不起金娘的衣。*
> *风丝雨丝,*
> *金娘也能接它上织机;*
> *她是织神的老师。*

金娘带着笑容向众男子行礼问好,随即走进机房与众妇女见面。一时在她指导下,大家都工作起来。这样经过三四天,全村的男子个个都企望可以与她攀谈,有些提议晚间就在棚里开大宴会。因为她回来,大家都高兴了。又因露天地方雨水把土地淹得又湿又滑,所以要在棚里举行。

银姑更是不喜欢,因为连歌舞的后座也要被金娘夺去了。那晚上可巧天晴了,大家格外兴奋,无论男女都预备参加那盛会。每人以穿着一件金娘所织的衣服为荣;最低限度也得搭上一条她所织的汗巾,在灯光底下更显得五光十色。金娘自己呢,她只披了一条很薄的轻纱,近看是像没穿衣服,远见却像一个人在一根水晶柱子里藏着,只露出她的头——一个可爱的面庞向各人微笑。银姑呢,她把洞主所有的珠宝都穿戴起来,只有她不穿金娘所织的衣裳。但与金娘一比,简直就像天仙与独眼老猕猴站在一起。大家又把赞美金娘的歌唱起来,银姑觉得很窘,本来她叫金娘回来就是不怀好意的,现在怒火与妒火一齐燃烧起来,趁着人不觉得的时候,把茅棚点着了,自己还走到棚外等着大变故的发生。

一会儿火焰的舌伸出棚顶,棚里的人们个个争着逃命。银姑看见那狼狈情形一点儿也没有恻隐之心,还在一边笑,指着这个说:"吓吓!你的宝贵的衣服烧焦了!"对着那个着说:"喂,你的金娘所织的衣服也是禁不起火的!"诸如此类的话,她不晓得说了多少。金娘可在火棚里帮着救护被困的人们,在火光底下更显出她为人服务的好精神。忽然哗啦一声,全个棚顶都塌下来了,里面只听见嚷救的声音。正在烧得猛烈的时候,大雨忽然降下,把火淋灭了。可是四周都是漆黑,火把也点不着,水在地上流着,像一片湖沼似的。

第二天早晨,逃出来的人们再回到火场去,要再做救人的工作。但仔细一看,场里的死尸堆积很多,几乎全是村里的少女。因为发现火头起来的时候,个个都到织机那里,要抢救她们所织的花纹布。这一来可把全洞的女子烧死了一大半,几乎个个当嫁的处女都不能幸免。

事定之后,他们发现银姑也不见了。大家想着大概是水流冲激的时候,她随着流水沉没了。可是金娘也不见了!这个使大家很着急,有些不由得流出眼泪来。

雨还是下个不止,山洪越来越大,桃树被冲下来的很多，但大家还是一意找金娘。忽然霹雳一声，把洞主所住的洞也给劈开了，一时全村都乱着忙逃性命。

过了些日子天渐晴回来，四围恢复了常态，只是洞主不见了。他是给雷劈死的，一时大家找不着银姑，所以没有一个人有资格承继洞主的地位。于是大家又想起金娘来，说："金娘那么聪明，一定不会死的。不如再去找找她的姑母，看看有什么方法。"

姑母果然又到山上去，向着那小红花嚷说："金娘，金娘，你回来呀，大家要你回来，你为什么不回来呢？"

随着这声音，金娘又面带笑容，站在花丛里，说："姑妈，要我回去干什么？所有的处女都没有了，我还能教谁呢？"

"不，是所有的处男要你，你去安慰他们罢。"

金娘于是又随着姑母回到茅寮里，所有的未婚男子都聚拢来问候她，说："我们要金娘做洞主。金娘教我们大家纺织，我们一样地可以纺织。"

金娘说："好，你们如果要我做洞主，你们用什么来拥护我呢?"

"我们用我们的工作来拥护你,把你的聪明传播各洞去。教人家觉得我们的布匹比桃实好得多。"

金娘于是承受众人的拥戴做起洞主来。她又教大家怎样把桃树种得格外肥美。在村里,种植不忙的时候,时常有很快乐的宴会。男男女女都能采集染料和织造好看的布匹,一直做到她年纪很大的时候,把所有织布、染布的手艺都传给众人。最后,她对众人说:"我不愿意把我的遗体现在众人面前教大家伤心,我去了之后,你们当中,谁最有本领、最有为大家谋安全的功绩的,谁就当洞主。如果你们想念我,我去了之后,你们看见这样的小红花就会记起我来。"说着她就自己上山去了。

因为那洞本来出桃子,所以外洞的人都称呼那里的众人为"桃族"。那仙桃洞从此以后就以织纹著名,尤其是织着小红花的布,大家都喜欢要,都管它叫作"桃金娘布"。

自从她的姑母去世之后,山洞的方向就没人知道。

全洞人只知道那山是金娘往时常到的,都当那山为圣山,每到小红花盛开时候,就都上山去,冥想着金娘。所以那花以后就叫作"桃金娘"了。

对于金娘的记忆很久很久还延续着,当我们最初移民时,还常听到洞人唱的:

> 桃树死掉成枯枝,
> 金娘织造世所稀。
> 桃树年年都能种,
> 金娘去向无人知。

猫 乘

猫不入六畜之数,大概因为古人要所豢养的禽兽的肉可以供祭祀及宴享的用处,并且可以成群繁殖起来的才算家畜。在古人眼里,猫是一种神秘而有威力的动物。它的眼睛能因时变化,走路疾速而无声,升屋上树非常自在等等,都可以叫人去想它是非凡的。事实上,猫在农业文化的社会的地位正如狗在游牧文化的社会里一样。古人先会养狗是当然的。汉以前人家居然知道养猫，可是没听过到市里去买猫。当时养的大都是半野的狸，猎人获到，取数十钱的代价，卖给人家。《韩非子》里，有"将狸攻鼠""令狸执鼠"的话。《说苑》里"使麒骥捕鼠，不如百钱之狸"和《盐铁论》里"鼠穷啮狸"，都可以说明当时只有半野的狸，没有纯豢的猫。后世人虽有"家猫为猫，野猫为狸"的说法，其实上面所说的狸都是已经被养熟了的。字书说狸是里居的兽，所以狸字从里；名为猫是因"鼠善害苗，而猫能捕之，去苗之害，故字从苗"。这两说固然可以讲得过去，但对于猫字似乎还是象声为多，所以《本草纲目》说"猫有苗茅二音，其名自呼"。我们不要想猫字比狸字晚，《诗经·大雅·韩奕》有"有猫有虎"的一句，《礼记·郊特牲》也有"迎猫，为其食田鼠"的话。看来称猫，是有些尊重的意思，不然，不能用一个很恭敬的迎字。也许当时在一定的节期从田野间迎接到家里来供养的称为猫，平常养的才称为狸，后来猫的名称用开了，狸的名字也就渐渐给忘了。现在对于黑斑猫还叫作"铁狸"，也可以说猫狸两字在某一阶段也是同意义的。

农业文化的社会尊重猫,因为它能毁灭那残害禾稼的田鼠和仓廪里、家室里的家鼠。以猫为神,最早的是埃及。古埃及人知道猫在第十一朝时代(2200 B.C.),据说是从纽比亚(Nubia)传进去的。自那时代以后,埃及才有猫首人身的神像。猫神名伊路鲁士(AElurus)。人当猫为神圣,甚至做成猫的木乃伊;杀猫者受死刑。他以为猫是月女神,因为它的眼睛可以像月一样有圆缺。中国古时迎猫的礼仪不可详知,从八蜡的祭礼看来,它与先啬、司啬等神同列,可见得它是相当地被尊重。祭猫的礼大概在周秦以后已经不行,所以人们不像往昔那么尊重它。黄汉《猫苑》(卷上)说:"丁雨生云,安南有猫将军庙,其神猫首人身,甚著灵异。中国人往者,必祈祷,决休咎。"这位猫神到的管什么事,不得而知,若依作者的附说,此猫字即毛字之讹,因为明朝毛尚书曾平安南,猫将军即毛尚书。这样看来,他与猫神就没什么关系了。铸画猫形来镇压者鼠的事却有些那个。《夷门广牍记》:"刻木以猫为神,最早的是埃及。

埃及猫女神,也叫贝斯特神,被描绘成一位猫头人身的女子,手里拿着摇铃;在上、下埃及统一之前,她曾是下埃及的战争女神,与之相对的,是上埃及的狮女神塞赫美特。她曾与太阳神拉的大敌、混沌之蛇阿佩普战斗,后来变成象征温暖与喜乐的家庭守护神。

为猫,用黄鼠狼尿,调五色画之,鼠见则避。"《猫苑》的作者引邓椿画猫云:"僧道宏每往人家画猫则无鼠。"作者又说:"山阴童树善画墨猫,凡画于端午午时者,皆可辟鼠,然不轻画也。余友张韵泉(凯)家,藏有一幅。尝谓悬此,鼠耗果靖。"(卷上形相章)又记:"吴小亭家藏王忘庵所画鸟猫图,自题十六字云:'日危,宿危,炽尔杀机。鸟圆炯炯,鼠辈何知?'余按家香铁待诏,重午画钟馗,诗云:'画猫日主金危危',则知危日值危宿,画猫有灵。必兼金日者,金为白虎之神,忘庵句盖本乎此。"又记:"朱赤霞上舍(城)云,凡端午日取枫瘿刻为猫枕,可辟鼠,兼可辟邪恶。"由辟鼠的功效进而可以辟盗贼。《猫苑》(卷上)有一个例。作者说:"刘月农巡尹(荫棠)云:番禺县属之沙湾茭塘界上有老鼠山。其地向为盗薮。前督李制府瑚患之,于山顶铸大铁猫以镇之。猫则张口撑爪,形制高巨。予曾缉捕至此,亲登以观。而游人往往以食物巾扇等投入猫口,谓果其腹,不知何故。"

养蚕人家也怕老鼠食蚕,故杭州人每于五月初一日看竞渡后,必向娘娘庙买泥猫回家,不专为给孩子玩,并且可以禳鼠。

以上所举的事例都含有巫术意味,并非当猫作神。清代天津船厂有铁猫将军,受敕封,每年例由天津道躬诣祭祀一次。金陵城北铁猫场有铁猫长四尺许,横卧水泊中,相传抚弄它,可以得子。每年中秋夜,士女都到那里去。这与猫没关系,乃是船椗。船椗又叫铁猫,是何取义,不敢强解,现在猫写作锚,也许离开本义更远了。

神怪的猫

猫与其他动物一样。活得日子长久了就会变精。袁枚《子不语》(卷二十四)记靖江张氏因为通水沟,黑气随竹竿上,化作绿眼人乘暗淫他的婢女。张求术士来作法,那黑气上坛舔道士,所舔处,皮肉如刀割。道士奔去,想渡江求救于张天师,刚到江心,看见天上黑气四起,就庆贺主人说:那妖已经被雷劈死了!张回家,看见屋角震死一只猫,有驴那么大。

猫变人的传说在欧洲也一样地很多。在术语上，猫变人叫猫人；人变猫就叫人猫。欧洲的人猫，似乎是比猫人多些。韩美（F. Hamel）在《人兽（Human Animals）》第十二章里说了下面的一个故事：一七一九年二月八日，陀素（Thurso）的牧师威廉因士（William Junes）在开陀尼士（Caithness）审问一个女人马嘉列·连基伯（Margatet Nin-Gilbert）。那妇人承认，有一晚上，她在道上走，遇见一个魔鬼现出人形，要她与它同行同住。从那时起，她与那魔鬼就很相熟，有时它在她面前现出一匹大黑马的形状，有时骑在马上，有时像一朵黑云，有时像一只黑母鸡。这妇人显然是从一个巫师学来的巫术，所以会这样。有一个瓦匠名叫威廉·孟哥麻里（William Montgomery），他的房子被许多猫侵入，以致他的妻与女仆不能再住在那里。有一晚上，威廉回家，看见五只猫在火炉边，仆人对他说：它们在那里谈话咧。在十一月二十八日，一只怪猫爬进一个贮箱的圆洞里。威廉就守在那里，若是看见有脑袋伸出来，便用刀斫下去。他果然把刀斫到那怪物的脖子上，可没逮着。一会儿，他打开那箱，他的仆人用斧子砍那怪猫的背后，连斧子砍在箱板上。至终那怪猫带着斧子逃脱掉。但是他连续地追，又斫了好些下，至终把它砍死。威廉亲把那死猫扔出去，可是第二天早晨，起来一看，那猫已不见了。隔了四五晚，仆人又嚷说那猫再来了。威廉用方格绒围住它，把斧子斫在它身上。到它被斧子钉在地上，又用斧背打击它的头，一直打到死，又把它扔掉。第二天早晨起来看，又不见了。很奇怪的是当斫那怪猫的时候，一滴血也没有。他一共斫了几只，都没有一只是邻人的。于是他断定那一定是巫师做的事。二月十二，住在威廉家半英里的妇人马嘉列·连基伯被告发了，她的邻人看见她掉了一条腿在她自己的门口。她那一只腿是黑的，而且腐烂了。那人疑心她是女巫，就捡起来送到州官那里，州官立刻把那妇人逮捕下狱。那妇人承认她变猫走进威廉家里，被威廉砍断了一条腿。还有另外一个妇人名马嘉列·奥尔逊（Margaret Olsone）也是变了猫一同进去的。别的女巫，人看不见，因为魔鬼用黑雾遮掩着她们。

韩美又说:"在法国基奥达(Ciotat)附近的西里斯特村(Ceyreste)住着一个女人,她的孩子们常常有病,这个好了,那个又病起来。她不晓得要怎办。有一天,她的邻人对她说,她的婆婆也许是个巫婆,孩子们的病当与那老太太有关系。于是她对丈夫说了。两个人仔细查察孩子们的病,看看有没有巫术的影响。有一晚上,他们看见一只黑猫走近那个小婴孩的摇篮边,轻寂地走动,丈夫立刻拿起一根棍子想去打死它。他没打着那猫的身体,只中了它的爪子。那猫拼命逃走了。孩子们的祖母是每天要来看他们,问孩子们的康健的。自从打了黑猫以后,老太太就好几天不上门来。

邻人对那丈夫说,她一定是有什么事,不肯给人知道的,可以去看看她。丈夫于是去看他的妈。一进门就看见她的一只手包起来,对着他发脾气。他假装看不见她的伤处,只用平常很安静的话问她为什么好几天没到家去看孙子们。

那老太太回答说:"我为什么要到你家去呢?看看

我的手指头。假如我的手指头是给斧子砍着，不是给棍子打着，我的指头就被切断，所剩的只是残废的肢体罢了。"

中国的猫人故事比较多，因为我们没有像基督教国家的魔鬼信仰，只信物老成精的说法，所以猫也和狐狸、熊、老虎等一样会变人。人每以猫善媚人，以致如江浙人中有信它是妓女所变成，这又是轮回信仰，与猫人无涉。但是，不必变人而能加害于人的猫，在中国也有。例如《猫苑》卷上《毛色》所记："孙赤文云，道光丙午（1846）夏、秋间，浙中杭、绍、宁、台一带传有鬼祟，称为三脚猫者，每傍晚，有腥风一阵，辄觉有物入人家室以魅人，举国惶然。于是各家悬锣钲于室，每伺风至，奋力鸣击。鬼物畏锣声，辄遁去。如是者数月始绝。是亦物妖也。"

又据清道光时代人慵讷居士著的《咫闻录》（卷一）记：

"甘肃凉州界，民间崇祀猫鬼神，即北史所载高氏祀猫鬼之类也。其怪用猫缢死，斋醮七七，即能通灵。后易木牌，立于门后，猫主敬祀之。旁以布袋，约五寸长，备待猫用，每窃人物。至四更许，鸡未鸣时，袋忽不见，少倾，悬于屋角。用梯取下，释袋口，倾注柜中，或米或豆，可获二石。盖妖邪所致，少可容多，祀者往往富可立致。有郡守某生辰，同僚馈干面十余石，贮于大桶。数日后，守遣人分贮，见桶上面悬结如竹纸隔，下视则空空然！惊曰诸守，命役访治。时府廨后有祀此猫者，役搜得其像。当堂重责木牌四十，并笞其民，笑而遣之。后闻牌责之后，神不验矣。"

又猫可以给人寄寓灵魂在它身体里头。富莱沙在《金枝集》里说了一段非洲的故事。

南非洲巴兰牙（Ba-Ranga）人中，从前有一族的人们寄他们的灵魂在一只猫身上。这猫族有一个少女低低散（Titishan）当嫁时强要那只猫随行。她到夫家，就把那猫藏在密室，连丈夫也没见过它，也不知道她带了一只猫来。有一天，她到地里工作，猫逃出来，走入茅寮，把丈夫的战斗装饰品着起来，歌唱舞蹈。孩子们听见，进去看见一只猫在那里装着怪样子。他们很骇异猫在戏弄他们，就去告诉丈夫说，有一只猫在他屋里舞蹈，还侮辱了他们。主人说，别说，我不要你们撒谎。他们于是回家，看见那猫还在那里，就把他打死。那时，他妻子立刻倒在地上，临死时，说："我在家被人杀死了！"她丈夫回来，她还可以说话，就叫他快去告诉她家人。她的家族众人一听见这事，个个都立刻死了。从此这猫族绝了种。

这寄生命在别的物体上的故事，在民间传说里很多，大概与图腾有多少关系罢。

人事的猫

所谓人事的猫,是人们对于猫的行为与态度。古代罗马人以猫为自由的象征。罗马自由女神的形像是一手持杯,一手持折断的王节,脚下睡着一只猫。除去古埃及以外,以猫为神圣的恐怕要数到古罗马了。欧洲许多地方以猫为土谷神,富莱沙的名著《金枝集》里举出许多有趣的风俗,试在这里引录出来:

(一)在法国窦菲涅(Dauphine)的白里安逊

（Briancen）地方，当麦熟时，农人用花带和麦穗饰猫，叫它作球皮猫（Le Chat de Peau de Salle）。假如刈麦者受伤，就用那球皮猫来舔伤口。收获完了，更把它装饰起来，大家围着它舞蹈。舞完，诸女子才慎重地把它的装饰卸除掉。

（二）在波兰西勒西亚（Silesia）的格鲁尼堡（Grüneberg）地方，农人不用真猫，叫那收割田的最后一穗的农夫作多马猫（Tom Cat）。别人把墨麦秆与绿枝条围绕着他；又打一条很长的辫子系在他身上，当作他的尾巴。有时把另一个人打扮得和他一样，叫作猫，是当作女性的。多马猫与猫的工作是用一根长棍子追人来打。

（三）南洋诸岛人，有些也信猫与田禾有关，求雨时常用得着它。在南西里伯岛（Celebes），农人求雨，把猫缚在肩舆上，扛着绕行干燥的田边，同时用竹管引水。猫叫时，他们就说，主呀求你把雨降给我们。爪哇农人求雨最常用的方法是洗猫。洗猫有时是一只，有时是一对，用鼓乐在前引导。巴达维亚城，孩子们常为求雨洗猫,方法是把猫扔在水里,由它自己爬到边岸。苏门答拉有些村子在求雨时,村妇着衣服涉入水中,戽水相溅,然后扔一只黑猫进水,容它在水里泅些时候,才由它泅上岸去。妇女们戽着水随在它后头。

……

在婚礼上,有些地方也杀猫。德国爱菲尔(Eifel)地方,结婚人家在婚后几个星期举行猫击礼(Katzenschlag)。法国克鲁士(Creuse)人于结婚日带一只猫到礼拜堂去,用它来打贺喜的亲友。一直把它打到死,才把它煮熟了给新郎新娘吃。波兰风俗,假如新郎是个鳏夫,在家里须要打破玻璃门,把猫扔进去,新娘才随着扔猫的地方进入洞房。

……

因为猫的形态颜色有种种不同,所以讲究养猫的都加意选择。选择的指导书是世传的《相猫经》。现在把主要的相法列举几条在底下:

(一)头面要圆。面长会食鸡,所以说,"面长鸡种绝"。

（二）耳要小而薄。这样就不怕冷，所以说，"耳薄毛毡不畏寒"。头与耳都不怕长。所谓猫贵五长，是说头、尾、身、足、耳都要长，不然，便是五秃。但《新锲全补发微历正通书大全》又说："猫儿身短最为良。眼用金钱尾用长，面似虎威声振喊。老鼠闻之立便亡。"又说，"腰长会走家"。看来身长是不好的相。二说，不知谁是。

（三）眼要具金钱的颜色。最忌带泪和眼中有黑痕，所以说，"金眼夜明灯"。眼有黑痕的是懒相。

（四）鼻要平直。鼻钩及高耸是野性未除的相。这样的猫爱吃鸡鸭，所以说，"面长鼻梁钩，鸡鸭一网收。"

（五）须要硬而色纯。经说，"须劲虎威多。"又说，"猫儿黑白须，疴屎满神炉。"无须的会食鸡鸭。

（六）腰要短。腰长就会过家。

（七）后脚要高。后脚低就无威。

（八）爪要深藏而有油泽。露爪就会翻瓦。

（九）尾要长细而尖，尾节要短，且要常摆动。尾大主猫懒，常摆便有威，所以说，"尾长节短多伶俐"，

"坐立尾常摆,虽睡鼠亦亡"。

(十)声要响亮。声音响亮是威猛的征象。

(十一)口要有坎。经说:"上颚生九坎,周年断鼠声。七坎捉三季。坎少养不成。"

(十二)顶要有拦截纹。拦截纹是顶下横纹。《相畜余编》记,猫有拦截纹,主威猛。有寿纹,则如八字,或如八卦,或如重弓、重山,都好。没这些纹,就懒阘无寿。

(十三)身上要无旋毛。胸口如有旋毛,主猫不寿。左旋犯狗;右旋水伤。通身有旋,凶折多殃。所以说,"耳小头圆尾又尖,胸膛无旋值千钱。"

(十四)肛要无毛。经说:"毛生屎屈,疴屎满屋。"

(十五)睡要蟠而圆,要藏头掉尾。

至于毛色,以纯黄为上,所谓"金丝猫"的就是。其次纯白的,名"雪猫",但广东人不喜欢,叫它作"孝猫",主不祥。再次是纯黑的,叫"铁猫"。纯色的猫通名为"四时好"。褐黄黑相兼,名为"金丝褐"。黄白黑相兼,名"玳瑁斑"。黑背白肢,白腹,名为

"乌云盖雪"。四爪白，名"踏雪寻梅"。白身黑尾，最吉，名为"雪里拖枪"。通身黑而尾尖一点白，名为"垂珠"。白身黑尾，额上一团黑色的，名为"挂印拖枪"，又名"印星"，主贵，而白身黑尾，背上一团黑色的，名为"负印拖枪"。黑身白尾，名为"银枪拖铁瓶"，又名"昆仑妲己"。白身而嘴边有衔花纹，名为"衔蚁奴"。通身白而有黄点，名为"绣虎"。身黑而有白点，名为"梅花豹"，又名"金钱梅花"。黄身白腹，名为"金聚银床"。白身黄尾，名为"金簪插银瓶"，又名"金索挂银瓶"。白身或黑身，而背上有一点黄的，名为"将军挂印"。身尾及四足俱有花斑，名为"缠得过"。这些都是入格的猫，至于黄斑，黑斑，都是狸的常形，不算希奇。此外如"狸奴""虎舅""天子妃""白老""女奴"等，是猫的别名。爱猫的也常给猫许多好名字。最雅的如唐贯休有猫名"焚虎"，宋林灵素字"金吼鲸"，明嘉靖大内的"霜眉"，清吴世璠的"锦衣娘""银睡姑""啸碧烟"，都好。其他名字可参看《猫苑》(卷下)名物，此地不能尽录出来。

自然的猫

人与猫相处,觉得猫有许多生理上及心理上的特性。如独生猫,每为人所喜爱。中国各处有相同的口诀,说,"一龙,二虎,三太保,四老鼠。"意思是独生的猫如龙,孪生的猫似虎。一胎三只以上就不大好了。闽南人的口诀是,"一龙,二虎,三偷食,四背祖。"所以生三只,四只,不是懒怯,就是不认主人。但这都是人们对于猫的见解,究竟如何,也不能断定。

在《贤奕》里引出一段龙猫、虎猫的笑话。

齐奄家畜一猫,自奇之,号于人曰虎猫。客说之曰,虎诚猛,不如龙之神也。请更名曰,龙猫。又客说之曰,龙固神于虎也。龙升天,须浮云。云其尚于龙乎?不如名曰云。又客说之曰,云霭蔽天,风倏散之。云固不敌风也。请名曰风。又客说之曰,大风飚起,维屏与墙,斯足蔽矣。风其如墙何?名之曰墙猫。又客说之曰,维墙虽固,维鼠穴之,墙斯圮矣,墙又如鼠何?即名曰鼠猫。东里丈人嗤之曰,猫即猫耳,胡为自失其本真哉?

这可以见得名龙、名虎,乃属主观的,不必限于独生或孪生的关系。又人对猫的观察常有错误。如说,猫捕食老鼠以后,它的耳朵必定有缺。像老虎的耳朵在吃人以后的锯缺一样。大概缺的原因是由于偶然的损伤,决非因吃了一个人或一只鼠就缺一坎。

有一件事最显然的是猫常有吃掉自己的小猫的情

形。这情形,在狗和别的动物中间也常见,不过人没注意到罢了。中国人的解释是猫当乳哺时期,属虎的人不能去看它,若是看见了,母猫必要徙窠,甚至把小猫都吃掉。《空同子》说:"猫见寅人,则衔其儿走徙其窠。"《黄氏日抄》说:"猫初生,见寅肖人,而自食其子。"但有些地方以为给属鼠的人见到,母猫就会把小猫吃掉。又李元《蠕范》说:"猫食鼠,上旬食头,中旬食腹,下旬食足。"这也未见得是正确的观察,其实要看鼠的大小,及猫的性格而定。有些猫只会捕鼠,把鼠咬死就算,一口也不吃;有些只会捕鸟,看见老鼠都懒得去追。

欧洲人以为一只猫有九条命,因为它很难致死。这话在文学上用得很多。德国的谚语甚至有"一只猫有九条命;一个女人有九只猫的命"。表示女人的命比猫还要多几倍。从动物学的观点说,猫的命是有许多生理上的特长来保护着它。最惹人注意的是,凡猫从高处摔下,无论如何,四条腿总是先落在地上,不会摔伤。这现象固然是由于猫的祖先升树的习性所形成,但主要的还是它能利用身体的均衡运动。脊椎动物的耳里有半圆管司身体的均衡作用。这半圆管的功用在耳司听觉以前便有了。听觉是动物进化后才显出的作用,在此以前,身体的均衡比较重要。猫还保持着它灵敏的均衡作用,所以无论人怎样扔它,它很容易地翻过身来,使四只脚先到地。而且它的脚像安着弹簧一样,受全身的重力,一点儿也没伤害。如果一只猫不会这样,那就是因为它太被豢养惯了。

猫的触须很长,这也是哺乳动物所常有的,即如鲸的上唇也有。不过在猫族中,触须特别发达,因为它们要走在黑暗地方,这须于感觉的帮助很大。猫还有特灵的嗅觉和听觉。家猫与野猫都可以辨别极细微的声音。从这些声音,它们可以认识是从什么地方、什么东西发出的。但是它们所认的不是音的高低,乃是声的大小。它们能听人的说话,并不像狗那样真能懂得,只是由声的大小供给它们的联想而已。

猫可以在夜间看见东西。这是因为猫类多半是夜猎的兽,非到昏暗不出来,它们能利用微暗的光来看东西。它们的瞳子，因为需要光度的大小，而形成伸缩作用。所谓猫眼知时，乃是受光的强弱所生现象。关于依猫眼测时间的歌诀很多，最常见的是："子午线，卯酉圆，寅申巳亥银杏样，辰戌丑未侧如钱。"这在平常的时候，固然可以，如果在天阴、暗室里，就不一定准了。在越黑暗的地方，猫的瞳子放得越大。眼的网膜有一层光滑如镜的薄面，这也是帮助它能在暗处见物的一件法宝。因为它有这样的网膜，所以人每见它在暗处两眼发光。但在无光的地方如物理实验的暗房里，猫眼也不能被看见，因为所有的眼都不能自发光辉。所有的猫都是色盲的。它们住在一个灰色的世界里。它们虽然能够分辨红白，但也不是从色素，只是由光的刺激的大小分别出来。我们可以说猫不只是音聋和色盲，并且于听视二觉都有缺陷。它本是夜猎的兽类，所以对于声音与颜色只须能够辨别大小远近就够了。

俗语说："猫认屋，狗认人。"猫有本领认识它所住的地方，虽然把它送到很远，若不隔着水和高墙，它总会寻道回来。这个本领在林栖的动物中常有，尤其是在乳哺期间，母兽必有寻道还窠的能力，不然，小兽就会有危险。

中国书上常说，猫的鼻端常冷，唯夏至一日暖。这是因为它的鼻常湿，为要增加嗅觉作用，与阴阳气无关。

猫的感情作用，最显然的是见到狗或恐怖时，全身的毛竖立起来。不过这不必每只猫都是一样，有的与狗做朋友，见了一点儿也不害怕。毛竖的现象，在人类与其他哺乳动物都有，在肾脏的前头有一个小小的器官，名叫"肾上腺"，它是对付一切非常境遇的器官。从这腺分泌肾上腺硷（Adrenalin）游离于血液中间，分布到全身。这种分泌物，现在叫作"兴奋体"（Hormones），它们是"化学的传信者"，常为保持身体的利益而分泌到身上各部分。肾上腺硷，一分泌出来，就可以增加血液的压力，紧张肌肉，增加心动等；还可以激动毛发下的小肌肉，使毛发竖立起来。身体有强烈的情绪就是神经受了大刺激，如系属于恐怖的，肾上腺硷立时要分泌出来，使血液里的糖分增加散布到各部分，它的主要功用，是可以振奋精神，如受伤出血时，可以使血在伤口凝结得快些。所以猫和人一样，在预备争斗或恐怖的时候，血里都满布着肾上腺硷。这兴奋体是近代的发现，医药家每取肾上腺硷来做止血药及提神药，大概所有的药房都可以买得到。

猫一竖毛，同时便发出吼声，身体四肢作备斗的姿势，它的生理上的变化也和人类一样。第一步是愤怒，由愤怒刺激肾上腺，肾上腺急激地制造肾上腺硷，分泌出来随着血液传达到全身。身体于是完成争斗的预备而示现争斗的姿势。若是争斗起来，此肾上腺硷一方面激起兴奋作用；受伤时，就显止血作用，若是斗不起来，情绪便渐渐松弛，身体姿势也就渐次复元了。

猫是最美丽、最优雅的小动物，从来养它的人们不一定是为捕鼠，多是当它作家里的小伴侣。普通的家猫可分为二类，一是长毛种，一是短毛种，前者比较贵重，后者比较常见。长毛猫不是中国种，最有名的是"金奇罗"(Chinchilla)，它的眼睛，绿得很可爱。其次是"师莫克"(Smoke)，它有琥珀样的眼睛。这两种长毛猫在欧洲的名品很多，毛色多带灰蓝，但其他色泽也有。还有一种名"达比士"(Tabbies)，也很可贵。所有长毛猫都是一个原种变化出来的。中国的长毛猫古时多从波斯输入，所以也称为波斯猫或狮猫。短毛猫各国都有。讲究养猫的，都知道此中的优种是亚比亚尼亚种、俄罗斯种、逼罗种。亚比亚尼亚猫很像埃及种，大概是古埃及的遗种。这种猫身尾脚耳都很长，颜色多为黑、褐，很少白的。俄罗斯猫眼带绿色，毛细而密，为北方优种。逼罗猫多乳白色，头脚尾褐色，宝蓝眼，从前只饲于宫中，近来才流出各处。此外，如英国的人岛猫，属于短毛类，它的奇特处是没有尾巴，像兔子一样。中国的特种猫，据《猫苑》说，有闽粤交界的南澳岛所产的歧尾猫，这种猫的尾巴是卷曲的，名叫麒麟尾，或如意尾，很会捕鼠。又四川简州有一种四耳猫，耳中另有小耳，擅于捕鼠，州官每用来充作方物贡送寅僚，《四川通志》和袁枚

《续子不语》(卷四)都记载这话,但不知道所谓四耳,究竟是怎样的。

　　以上关于猫的话,不过是略述猫的神话、人事与自然三方面。因为它对于人的关系那么久远,养它的人不一定是为治鼠,才把它留在家里。它也是家庭的好伴侣,若将它与狗来比,它是静的和女性的,狗正与它相反。作者一向爱猫,故此不惮烦地写了这一大篇给同爱的读者。